U0140969

陋俗与恶习

民国名家随笔丛书

陈益民 编

天津人民出版社

图书在版编目（CIP）数据

陋俗与恶习／陈益民编. —天津:天津人民出版社,2011.6

（民国名家随笔丛书）

ISBN 978 – 7 – 201 – 07037 – 7

Ⅰ. ①陋… Ⅱ. ①陈… Ⅲ. ①随笔 – 作品集 – 中国 – 现代 Ⅳ. ①I266.1

中国版本图书馆 CIP 数据核字（2011）第 060096 号

天津人民出版社出版

出版人:刘晓津

（天津市西康路35号 邮政编码:300051）

邮购部电话:(022)23332469

网址:http://www.tjrmcbs.com.cn

电子信箱:tjrmcbs@126.com

天津市永源印刷有限公司印刷 新华书店经销

2011 年 6 月第 1 版 2011 年 6 月第 1 次印刷

850×1168 毫米 32 开本 9.5 印张 2 插页

字数:157 千字 印数:1 – 5,000

定 价:24.00 元

悲凉时代的芒花

（代序）

中国新文化运动以后，现代文学的花园开出了朵朵奇葩，散文随笔便是当时广受关注的佼佼者。白话文的兴起，让文言文退出了历史的舞台；西学东渐，让人们有了新思维和新眼界。而一批既具深厚传统文化功底、又深受西学熏陶的文化名家，正是在这样的历史背景下，用多彩的笔触写就了无数的传世经典。

鲁迅、周作人、林语堂、徐志摩、郁达夫、朱自清、沈从文……无数散文大家，就像现代文学史上的一座座高峰，为时人赞叹，为后世仰止。虽说不同的作家有不同的思想、立场和观点，但他们在现代散文创作上的贡献，终究是不会轻易淡出世人的视野。

本丛书遴选了 20 世纪 20 年代至 40 年代的一些名家发表在报刊上的散文佳作，按照文章内容的不同分为十二册，即《古风犹存》《陋俗与恶习》《小曲好唱》《读城记》《阿 Q 永远健在》《国病》《浮生百味》《玩物不丧志》《情爱告白》《文人与装鳖》《文章正宗》《大家评大家》。概言之，这些文章主要与人生问题、社会问题和风土艺文诸方面相关。

值得注意的是,这些文章总的格调是沉重的,悲凉的主题占据主流,即使间或夹杂幽默闲情一类的文字,也仍不脱对人世嘲讽的风格。阳光灿烂的日子荡起双桨感受迎面吹来和煦的风,类似这样明快而充满幸福感的文字,我们从当时的散文中是难以看到的。而这正可以给我们这样的启示:文章表达着作者的心声,折射出他们对人世的切肤感受。刺世的芒花不必带有牡丹的娇艳,它只向世界透着冷峻与悲悯。回望历史,20世纪20年代至40年代的中国,是怎样一个动荡变乱的时代?从北洋军阀的横行,到国民政府武力"统一"后的动荡,再到抗日战争时期的烽火连天,最后又是一场刀光剑影的内战,可以说,三十年间国家未曾有过安定的日子,社会黑暗,战乱不断,生灵涂炭,真所谓"长夜难明赤县天,百年魔怪舞翩跹",无边的苦难弥漫人间,身处这样穷困、无望的国度,作家们又有谁能作出莺歌燕舞式的文章呢!

"为什么我的眼里常含泪水?因为我对这土地爱得深沉。"那就让今天的我们,面对这记录半个多世纪以前的国事、家事和人事的文字,去感悟我们深爱着的祖国,曾经走过怎样的岁月,又该走向何方。

陈益民

2011年3月12日

目 录

民国名家随笔·陋俗与恶习

陋俗与恶习

随笔

3

陋俗与恶习

随笔

我的故乡妇女生活谈

曙 烟

我的故乡，在一个交通不便、风气不开的个县里，共有二百多户的人家；受教育局的强迫，有国民小学一，在一个玉皇庙中。校中只有二十余个男学生，女子没有上学的，若想在全村中找出一个识字的妇女，那真比登天还要难哩。她们既然没有求知识的机会，所以她们的生活是守旧的，鄙陋的，毫无生气。现在述之如下：

（一）缠足——对于妇女缠足的恶俗，政府早有禁令，不过对于我的故乡，丝毫没有发生影响。女子到六七岁就缠足，谨守"剩女不剩脚"的古训；我回了故乡，也曾对故乡中的妇人痛陈缠足之害，劝她们不要缠足；但据她们说来，也很有道理。她们说："不缠足成个大脚片，又不读书，财主的，有洋学生的，高攀不起；太穷的人家，咱不愿把女儿嫁给他；和自己门当户对的人家，大半都是爱小脚的。那么有个大脚片女儿嫁什么主儿呢？"其实她们所顾虑的，也真有此情形，我以为这非仗有健全的政府，根本的，普遍的改善不可。

（二）敬神——她们敬神的这种习惯，是由她们的环境造成的，是由她们的祖母，母亲遗传下的；至于她们所供奉的许多神的种类，难以尽述。她们把神当作了司祸福的主人翁，她们把神当作了天地间极伟大，尊严，神秘的东西；所以她们凡祛祸乞福的事情，都要顶礼焚香的求神帮助。——按敬神的风俗，早已养成，因为在宗法社会时代，人类的知识道德，都不甚开通；那智慧较高一点的人，——酋长——要想使许多的民众易于治理，所以才拿鬼神来恫吓他们，使他们为善，受自己的约束，指挥不捣乱，初意不过如此。谁知到了后来，愈演愈深，变成了牢不可破的迷信，流传在人间，但尤以此等吸收不到文明空气的乡村中之妇女为甚。写到此处，我心中非常的难过，咳！到了现在的二十世纪，人类的知识已大大的进步，然像这些极野蛮的恶俗，世界上除却一部分未开化的民族，有的拜火敬蛇，只有我的故乡中的妇女，还保守着这种可耻可怜"多神制"的国粹吧！！

（三）服装——她们的衣服原料，大半是用自己织的棉花布做成，这种俭朴之风，是我的故乡中妇女的特性。——也可说是我们中国乡村中妇女特性——不过，她们的卫生一点不讲，"美"字更是提不着，一身的衣裳穿上后，很少替换的，穿上就是两三个月，直污浊到布丝儿全模糊的地步。到了过年过节的时候，村中的少年的妇女，就穿上怪红怪绿和许多使人不起美感的衣服，满头上插着红花，晃着绿叶，脸上涂上一层铅粉，两个脸蛋上抹上两块胭脂；怪模怪样，很带几分野蛮不开化的民族习气。假使她们有些知识，断然不至如此吧。

（四）住处——她们的住处，更不讲究，通空气透日光的常识，她们是没有的。屋中乱七八糟的东西都有，又作寝室，又当食堂，又是工作所，气味污浊，光线黯淡。这种浪漫野蛮的习惯，若使略为有了些知识的看一看，亦当退避三舍！

（五）职务——她们的职务，最好拿我的故乡中的童谣来形容，那童谣是："小小子，坐门墩，啼呼吗呼要媳妇；要媳妇作么？做鞋做袜，叠被暖炕，通脚说话。"真的，她们除了"做鞋做袜，叠被暖炕通脚说话"以外还有什么职务？什么男女平权哪，经济独立呀……简直她们连梦想也不到！

陋俗与恶习

随笔

南北妇女的比较

江桢女士

我从江苏到这里，不满一年；可是所感触到南北妇女的性情，风尚不同之处多极了，现在将在天津所见的写在下面：

（1）懒惰　有了空暇，不肯做事，情愿倚在门口说闲话，串门子。南方的妇女都是做事的，养蚕，织布，纺纱，摇袜，可算是她们的工作（可是贵族太太小姐不能算在内）。

（2）缠脚　你在马路上总可以看见三三五五的三寸金莲的妇女，摇摇摆摆走过，在素称开通的天津这样，假使到乡村市镇上去，那缠足的一定更多了。南边在闹市上，乡镇上，除了老太婆缠足的以外，要寻出一个年轻的小脚妇女，那就很少很少的了。

（3）龌龊　这大概是南方多河有水，所以容易刷洗；而北方干燥，用水不十分便当。你只要去看北方人的家里，什么炕呀，铺呀，脏得不得了。又是发大风刮的沙土，所以墙上什么花里花绿的真难看。

（4）守旧　什么大闺女不能见男子，一个女孩独自不能满街跑，顽固的了不得。我敢相信，"男女平权"，"女子的被压迫"，在她们的脑子里，连影子都没有。

（5）服装　喜穿红红绿绿的，而且都是用顶显的颜色，俗不可耐，一点也不淡雅宜人。

（6）智识　北方妇女念书的很少很少，你只要到女学堂里去看，十分之六都是别处人。既然这样，北方妇女受智识的机会少，所以能够服务贡献给社会的也就微薄了。

（7）礼节　她们也许染了满人的脾气，早上一个安，晚上一个安：东家嫂子问好，西家姑姑万福。无谓而虚假的礼多极了，麻烦又讨厌，有什么意思呢？

从上面夹七夹八的说了许多，阅者诸君一定想我是南边人，所以自然说自己家乡好了。其实北方妇女好的也尽多呢。

（1）朴实节俭　像南边呢，甚至于卖大饼的妻子，拉车的女儿，老想穿点绸衣服。

（2）忠诚老实　她们对于每一个人，都是顶真诚的，没有什么虚伪奸刁。

5

(3)少虚荣心。

以上是我个人的意见。但我阅历少，见识狭，所见的北方妇女有限，只是社会上的一小部分，不能代表全体。况且旁观者清，当局者迷，也许我们南边妇女的劣点更多呢。我现在十二分的真诚，希望有北方的姑姑姐姐们，也来谈论谈论这个问题。

论看女人

徐 卢

男人好看女子，女子好看男人。后者心理如何，印象如何，吾不得知，单据我男人的心理，谈谈我看女子的印象吧。

照我的观察，那些越是表面"摩登"欧化的姑娘，越是在出去以前要装饰的女子，她们越是不承认爱看男子，与爱男子去看她，那她的"潜伏"的"承认"性就越强，而她们的嫁有钱的男子与养不吃奶的孩子的心也越切。

所以对于这个似乎很新，似乎了不起的女子，我反而看得是平常的。

常常把眼睛向下，眉毛向上的英国女子，态度好像很端肃的德国女子，表情时候喜欢转眼珠与动嘴的法国女子，静悄悄写实的瑞士女子，以及爱用眼皮、睫毛与屁股来娱乐的棕色女子，还有那把衣裳的下摆看得非常重要的西班牙女子，以及站的时候两脚朝里的日本女子，这些我都相信看的。

当然，多一分了解，方可有多一分的鉴赏；但是缺一分理解，也可以有缺一分缺点方面的幻灭的。所以对于中国的女子，尤其是北平的女子我就有许多话可以谈，但要是出了乱子，请大家捐些款项，使我可以在抗日将军们的后面，去避避锋头。

（一）

北平，假如你在那边住了一年以上，你会相信，这是多么合于看女子的环境了。那面行人路常常比马路宽，马路上车马非常稀少，电车走得像骆驼，路径常常是直的，所以假如你没有什么事情，在街头看女子是最好消磨时间，收获鉴赏修养的办法。

女学生们也都爱漂亮，但决不同上海的一样，打扮得华华丽丽，好像是专为别人看的一般。她们是爱修饰，依着自己的个性，自己的身材，自己的喜恶在运用物质；并不是时新〔兴〕了什么，就立刻千篇一律的打扮起来，好像是给物质在运用一样。

假如在早上，那从东单牌楼到西单牌楼这一条长阔的马路上，所有的女子，坐脚踏车的，坐包车，乘电车的差不多全是女生；即使是在宣武门大街一直到西四牌楼以北，从东单牌楼一直到东四牌楼转角，除了少数的买菜的以外，差不多全是女生。她们在大学还是中学？在中学还是小学？这是一看就可以知道，用不着你转弯抹角去打听；甚至是她在什么什么学校，你一看他们的路线也就可判定，因为北平学校分配的地址同衙门一样，极容易记忆。

假如你有能力注意到她们的装束，在不同的学校中养成的不同习惯、态度与风气，那你立刻就可以一目了然。凡是男子们都会知道，爱看女人的人，他一定要想知道一点来历的，因为，如果有了一点来历可以知道，那对于看的兴趣就可以增加不少，这正如我们鉴赏画或别的艺术一样，知道了什么是未来派、后期印象派、构造派等等的本质。你看画就会加增了许多的兴趣。

（二）

但你不要只看到这些有钱有貌的女生，你还应当看看胡同里娘们儿的骂街，她们有不同的风韵，不同的表情，一二个钟头呶呶不休的都是常事！秋季什刹海是个有味的区域，老而胖的旗人，搽了白粉红脂在岸边散步，

陋俗与恶习

随笔

二个小丫头跟着打扇的情形，是不能够同女生们一同去想；星期日，马路的转角，电车站的旁边，你无论何时可以听到刺耳的声音，这声音里也常有愉快的成分，而这愉快的背景同女生们偶然在深夜流滴泪是刚刚相反的。

"老爷！大礼拜天，赏一个铜子儿吧！"你给了她一个，她立刻会谢天谢地地笑着去交给她瞎眼残废或苍老的母亲。这使你不得不把她感谢的笑容当做自己心灵的伤痕了！

东城的城外，有一个工厂是有女工的，她们是十来小时的工作，吃顿窝窝头，吃一顿面在过过日子，中央公园电影院，当然没有她们的份儿，西城施粥厂外有无数女子抱着孩子拿一碗在排队，在斜阳里席篷边喝，你平些心去看去，她们的美丽是够你相思的。我并不是故意要装幽默地这样说，实在，她们行动上面的美丽，对于病倒的丈夫，衰老的母亲或者公婆，以及怀中幼小的孩子看顾、保护，是比马占山们在东北抗日使我感到悲壮得万倍的。请不要以为我在提倡封建的道德，叫女子们永远来为丈夫与子女牺牲，其实我看到的是她们的勇气与责任心；如果北平的女生们知道到这种地方去受一二点钟课，那所谓女权运动、女子参政运动，就是二年以后的事情，而我们男子只要在沙发上写写情诗，等女子送饭给我们吃好了。

10

但这不过是西城的一角,到城外小泥房子里差不多都是,她们没有一个不是以自己为中心的在处理家政。她们每天打发丈夫推一辆小车,载着菜蔬上城去卖,所有田里的工作,家里的孩子,以及亲戚间的应酬,完全是女子的事情。经济的分配不用说,做丈夫伸了手要二三个铜子儿到茶馆去喝一杯,要向他太太求半天这是常事。他们偷些懒在城里玩一玩没有买完东西回家的也有,太太是像主人一样去打骂的,有时候甚至于赶出一夜不许吃饭与睡觉的也是常事。我在乡村里耽些时候,我是的确想做这种女子的丈夫。不是别的,这种坚强的有力的美,使我鉴赏得沉醉了。有一次,正是奉军拉夫的时候,这是我亲眼看见的,有一个女子赶出来大骂,硬把他丈夫拉了回去,那个拉夫的军人在她的有力的表情与声浪下一句话也没有说。我看见这一次以后,我感到这种地方,男子们是应该惭愧,男子们能够在他妻子被丘八强奸时救出她么?还只会在事后怪自己妻子的不贞!这种使男子对自己惭愧的本质,能使男子对她们敬爱的,然而这只有她们。在另一方向就不同了,你可以看看前门外,那是离开了学生区域了,商人,军人,官僚们享乐的地方就在那里,那面有许多旧戏馆,许多妓院。许多"可耻"的南方的妓女,许多堕落的女招待,都在那边。我用这种"可耻"与"堕落"的字眼,你一定要说我太不知道她们的苦衷,与

11

说我思想的顽固！其实，我用这些字眼正是可怜的意思，这，假如你到过东西城外的三四等的妓院，彼此一对比就立刻可以分明的。

（三）

从这些北平女子的可爱，想到江南。那就有许多地方是不同了。

从南京坐沪宁车来，那些在田野里工作的女子，或者是提着饭篮到田塍的姑娘，这当然可爱的了；就是在镇市里面，譬如苏州城里的女贩，抬轿的女子，健美的腿与丰腴的体，以及她们愉快的神情，这些都是新时代的形态。即使那般穿着摩登的衣裳，极力模仿上海的苏州女子，虽然也并不顾到流行的时装是不是合乎他们的身材？但是她们有一种乡人穿新衣的态度，同时在社会中还不是千篇一律的装饰，所以有些乡土气是可以爱惜，不是如"衣架子"之可怜的。而一到上海，那般一个模型里出来的，处处是表现着有钱人家的妻与母，而所学来的几分洋气，也仅仅是表示爱洋人的阔绰与享受，待高等华人来娶她了。

但在另一方面你可以看到，一大群一大群工厂里的女子，八小时工作，十小时工作，一块白布裹着一只饭篮，每天在我们眼前经过；这些，他们是活在群的里头，对于个人生活，家庭里的一切照例的过去后，也就是忘其所以，她们所怕的〈是〉身体之病痛，剥削之加甚，与失业之降临，以及种种的教训叫她们团体的结合，与根本的解放，所以爱看女子的男子应当整个地来看她们的步伐，健美的身体，一群群上工，一群群下工，她们的美丽是永久而神圣的。

此外，苏州河"船家庭"里的女子，在海上就是这个船国里的皇后，她统治这国家，男子捕鱼，小孩吃奶，她看着云，望着风，照顾着桅篷；如果你在那个时候那个地方看到她，或者你坐在她的船里，那她就是你的权威，你的皇后；那为什么在南头的黄浦江上，在苏州河上，你不能在她的身上发现些美呢？

还有，我还爱看在马路上露着给孩子吃的妇人的乳房，奶奶的伟大与壮美，我只能在供给孩子奶奶这一点看到，像上海的明星们（"曾记得"有一个是在报上发表过如此美容术的）。要提倡不养孩子，即使养孩子也当雇奶妈，来保护奶头刚刚合于成年男子玩弄的一点看来，她们是只想永远在奶头上求金钱的收入，与不肯把奶头供孩子的长成的态度是十二万分的显明，那如果这个二大垒营的社会再维持下去，则将来，终有一天一部分少数女子的乳房退化得没有，而一部将特别发达起来，那以后，社会是属于有乳房的还是没有乳房的呢？爱看女人的男子

13

可以想想!

西湖里珠江上的船家女,小镇上茶馆里与油条铺的当炉妇,都是真正的职业,红健的身体不是你随便可以侵犯的,除了她喜爱你,或者你有侵犯别的女子一样的权势(如军棍之类),她的臂力就大过于你,她虽不参加游泳比赛,但是她尽可以在水上请你吃一条活鱼。这些我爱,我在力的下面要溶解的,你们呢? 爱看女子的同志们! 上面的话,我们可以看出,女子,在另一方面的确是男人的主持者,另一方面则刚刚是男人的玩物。所以如果女子们要把社会改为女子中心,则至少在中国,只要把社会倒一个次序,世界就是女子的了。

（四）

从上面我的爱好方面看来,我可以服服贴贴表示相当的敬爱,而对于那般想不做事而当权的,把奶头保护得恰到好处的女志士们在大菜台旁谈谈,那我是一点也不乐观!

团体中心就是能使大多数人快乐的与幸福的人,社会的中心是使多数社会的人快乐的人。他们是牺牲自己而使多数人快乐的人。北平西城外,每一家都是女子的中心,这是需要负起吃饭的责任,负起预算、决算、分配、劳作的能力,大菜台旁谈谈的女子们,如果你们个个在家庭里都能当得起这个责任,则社会的中心就立刻属于你们的了!那么你们去学去,去学去!不然的话,则在社会转了身时,社会真的属于女性的时候,你们大菜台上谈女权的人,恐怕奶房已经要平得和男子一样了。

那般修饰得很好,而把男子们看她称为讨厌的女子,是一方面想以"修饰"来求男子的供给,一方想以"称为讨厌"来想与男子争夺中心的地位。结果是使男子都用钓鱼的手段来钓女子。于是,男子在求爱时候像走狗,在结婚以后就像豺狼了!

一九三三年·九·一五

载《论语》第 27 期(1933 年 10 月 16 日出版)

陋俗与恶习

随笔

论怕老婆（节选）

绀　弩①

真怕老婆在老公是天公地道，
在老婆是遇人不淑

有没有真怕老婆的呢？当然有。但说起来却是老婆的悲剧。"良人者所仰望而终身也"，女人都希望嫁一个有声望，有地位，有丈夫气概，知识能力都在自己之上的老公，走出去，旁人看见了，即使口里不说，眼光却关不住："这位是某夫人！"这样她就遍体光辉，连自己也觉得

---

① 即聂绀弩。

自己年轻了二十年，漂亮了一百倍。回到家来，铺床叠被，殷勤体贴，纵然挨老公一声责骂乃至责骂以上，也都忍气吞声，心甘情愿。若是嫁了一个无志无能，庸懦愚昧，奇形怪状，谁也看不起的老公，自己又并不那么无德无知无才无貌，那就连旁人也会愤愤不平："一朵好鲜花……"，"痴汉常骑骏马走……"，自己又怎能不"哑子吃黄连，有苦说不出"呢？眼看见别人的才貌不过和自己相仿，有的甚至在自己之下，谁不是郎才女貌，洋洋自得？独有自己的，三分像人，七分像鬼，车不转，拨不亮，叫不应，赶不走，真叫人越看越气，越想越恨，这一股子怨气，不发在他身上还发在谁身上？老公方面，大概也自惭形秽，自知非分，只好俯首帖耳，唯命是从了！

举例来说，像朱淑贞，双卿，那种才德俱全的女性且不谈；就谈潘金莲吧，难道嫁给"三寸丁谷树皮"的武大郎，别的道理不讲，单就模样、智能方面，可算匹配得当么？试问武大郎怕老婆，是不是天公地道？潘金莲嫁给他，是不是"遇人不淑"呢？这自然是一种极端的例，但真怕老婆的人，恐怕多少都具有武大郎或者别种缺点。所以女人决不愿老公怕自己；怕老婆的人不但为老婆所不喜，也被别的女人所嘲弄。这也许是习惯的成见，但如果是根本看不起无用的男人，则她们并没有错。

另外也还有真怕老婆的人：一种是仗老婆的势而升

17

官发财的,如从前的驸马都尉之类的官以及各样的豪门赘婿。他们有老婆就有一切,没有老婆就没有一切,老婆是金枝玉叶,他不过服侍金枝玉叶的面首,怎敢不怕呢?另一种虽非驸马都尉,也定是同等阔人或更阔的人。这种人,尽管有秘书老爷替他们说:"霖雨苍生","膏泽下民",其实倒总是从"苍生""下民"那里吸收点"膏泽"乃至"霖雨"去的。而且还必须有一些另外的蝇营狗苟,才能有今日,维现状,图发展。这一切,也许瞒得过别人,却瞒不过老婆;有些事还正要老婆出面,自己才好装得像煞有介事;至于献美人计,拉裙带关系,更非老婆不行。一经这样,如果再加上惹草沾花,对不起老婆,老婆大人虎威一发,一切都可能完蛋,那就只好怕老婆了!不过这是阔人们的事,我们知道得太少,还是不谈吧!

怕老婆故事未必多更未必好

现在,接触到胡适的论点吧!他似乎只注意在怕老婆的故事,而不在怕老婆本身。我们就谈故事。

怕老婆是一回事,怕老婆的故事是另一回事。表面上看,怕老婆故事多,似乎就是怕老婆的人多,其实刚刚相反。正因为怕老婆的人少,怕老婆的事才被认为稀奇,不正常,可耻可笑,才被编成故事,传播开来。如果怕老婆的人多,怕老婆的事,大家司空见惯,习以为常,谁能觉察得出? 纵然觉察,也都彼此彼此,心照不宣,又怎会传为故事呢? 新闻记者们有言:"狗咬人不算新闻,人咬狗才算新闻",就是这意思,不然,前面说过,怕老公的事,真是滔滔者天下皆是也,何以没有一个故事称之曰怕老公,而且连"怕老公"这术语都没有呢?

中国是否怕老婆的故事特多呢? 很难答复。如果不能把世界各国流行民间的同类故事全部或大部知道,谁多谁少,也很难断定。不错,我们知道中国的这种故事特多,那是因为我们是中国人,在中国的时间久。但除了一些小笑话以外,真正反映在文学上的故事,也并不特多。几种文学价值较高或流行较广的书,如《红楼梦》、《水浒》、《金瓶梅》、《儒林外史》、《西游记》、《三国》、《封神榜》等,或全无这种描写,或写得极少,极不重要。《水浒》虽写过怕老婆的武大郎,却也写了更多的杀妻的英雄——宋江,杨雄,卢俊义。《聊斋》上有几篇:《马介甫》、《江城》,但在三百多篇中,篇数也未免太少。不但中国,各国文学都少有这种故事。怕老婆的事实,客观现实中本就少,较深地观察,又恐怕还可以看出和现象相反的东西来。大作家所乐于表现的女性,往往是林黛玉,安娜·加里宁娜之类的牺牲者,因为妇女处于牺牲地位,无可争辩。只有低级的糊涂的作者,才写怕老婆之类的无聊故

19

事，如《十日谈》、《聊斋》、《笑林广记》等。

所谓故事，又是一些什么东西呢？以《马介甫》为例：怕老婆是完全没有原因的（《江城》中的怕老婆是由于前世冤孽），不但老公怕老婆，连公公也怕儿媳妇，叔叔也怕嫂嫂，侄儿也怕伯母，甚至客人也怕主妇，怕得不近情理。中间一个插曲：异人马介甫给一种"丈夫再造散"那懦夫（杨万石）吃了，他一时怒从心上起，恶向胆边生，看见老婆就打，打得老婆反而怕他了。但等到药力一消，他仍旧怕老婆。后来，老婆改嫁给一个屠户，想发发旧日威风，不料屠户不接受，把她吊起来，在她屁股上割下一块肉，任她叫喊，头也不回，径自上街做生意去了。以后，老婆永远怕这屠户。要不怕老婆么？要做"丈夫"么？方法简单得很：打她！割她的肉！——就是这故事的教唆。别的怕老婆故事，纵然不说得这么明显，基本意义也离不了"切莫忘记带鞭子"之类。如果这样的故事一多，就容易民主，那所谓民主，恐怕也无非鞭子和屠刀的民主吧！

载《野草文丛 10·论怕老婆》(1948 年 6 月出版)

论女人和美

李长之

也许是一个报应，在先我觉得没有一个女人可爱，近来却觉得没有一个女人不可爱了。可是她们对于我，则似乎并没有这样的进步可考。

我却是，十次，在图书馆，已经困了，要走，抬头看见女郎，正在起劲的用功，为贪看她，又觉得她既如此起劲，我为什么就卸〔泄〕气呢？于是马上精神百倍了，书读得津津有味，结果我是走出图书馆最后的一人。

又一次，又是在图书馆，刚坐下，远处见 Y 女郎向我这里正注视着，我惊讶了，同时想：管这个哩，装呆，也看个饱；然而，她一会，却冲着我的桌子走来了，我简直惶惑，她是越走越近，就在我最紧张的一刹那中，事实证明了是：她的情人和我同桌。我脸上一红（自己觉得，不知是否有人看见），便只好格外安稳地读书以了之。她们是可爱，因为美。

女人而不美，却是不可恕的。但普通女人，没有不美的。特别的就糟糕。我在 A 校时，有位同班 W 女士，我一不见她的面时，便不知有多少幻想倾倒于她，也时常作着已经和她已熟悉了且十分亲近的梦；即在和她一块时，倘只听她的声音，并未尝不十分令我迷惑；当我们一块作试验，她偷把我桌上的寒暑表取用了，在我焦急之中，她又笑嘻嘻地送回来，那一低头的头发，我也都永远忘不了；可是千万别和她的脸庞正面相迎，万一相迎，便把我所有的幻想都拘得丝毫无余了。女人不该不好看，理由在其中矣。

上面所说，当然很例外，女人却总是美的。不特图书馆中的女人为然，即乡间的女人亦然。汲水的、推磨的，身体在弯曲着，粗黑的辫子衬在褪了色的破蓝布袄上，那是美的。美是有传染性的，女人既美，女人的衣饰无不美，因此我们才虽生当二十世纪，除赞羡旗袍高跟鞋外，并不厌弃戏中花旦的古装。

古人以美人称女人，英人也有 fair sex 之语，德人亦谓 Das sch one Geschlecht，天下果有真理，而且人人同之，我们再不必迟疑了。女人而不美之不可恕，也越发成其为真理了。

有人对女人责备太苛，这不是骗子，就是傻子。正确的认识是，女人不必有思想，因为她们有感觉，感觉比思想可靠多啦；女人不必会讲话，因为她们在不言语时已能作最好的语言所不能措手的表情；女人不必会作衣服，因为有裁缝；女人不必会作饭，因为有厨子；女人不必会抄笔记，因为有男朋友……

女人却必须有够上称为女人而不愧的美。此外，女人必须可爱，女人必须会爱，女人必须会作母亲。但数者之中，美是根本。我赞美美。

我更特别赞美结过婚的女子之美。女人而无母性，是不完全的。因为那无异说是爱的使命还未完成，所谓伟大也还没走到边儿，美当也仍有不足。

母性的美，是庄严温婉，母性的美，始能如达文西的孟挪丽沙。在她面孔上，是可以映出活泼的少女的情影的，但相反的，少女的面孔上，却寻不出母性的庄严。

现在我才知道，只有结了婚的女子才能大方；仿佛社会上至此才不逼她羞涩了；嫉妒猜忌的性子也至此才冲淡许多了。似乎在以前，由于那种患得患失的状态而来的不安，不顺，和不宁贴，现在却一一可以出之以平易的常规的了。所以我常想，一旦现在社会上男女的禁忌除掉，人们一定在健康的空气之中，而消去许多不自然的苦禁。在目前，只有结婚，才是给女子以解放。结了婚，女

23

子就格外坦然。作了母亲,则一切心中的骄矜和滞碍都更干干净净了。美不是死的,是动的,好像记得汤姆生(A Thompspn)教授曾说,一行雁是美的,但并不在其是一行雁,却是在一行雁在飞着。女性到了母性,因为心理上的解放,举动上就雍容大雅了,统而言之,故曰美。美必须是无所企求的,母性却能使人己都立于一种纯粹吟味观照的境界,所以更是美。

女人应当是美的,美的完成乃在母性。

十二月廿一日

载《论语》第 36 期(1934 年 3 月 1 日出版)

爱国买卖

梁仲云

曾有人把我们中国人比之为犹太人。

犹太人是一种有能耐的商业民族,中国的操奇计赢,我觉得也着实比犹太人有过之而无不及。

何以故呢?听我道来。

犹太人是亡国之民,中国人名义上算还有个支离破碎的国家。

大家都说国是应当爱的,故虽如犹太人之亡国已二千年,仍孜孜不已的在努力于兴国运动。我们的国既没有亡,兴国运动当然可以不必,我们现在是爱国运动。

爱国的方法自是多端:有的不抵抗,有的名义上抵抗而实则不抵抗,有的长期抵抗求诸在已,而有的则在"游艺救国"、"跳舞救国"……总之这一切都是犹太人所不能有的。

犹太人之所不能有，便是我们中国人之所长。

商人们说：大减价是为的救国。游艺场主人说：跳舞、电影也是为的救国。教育家们的理由当然更为充分，曰："读书救国。"于是生意兴隆，财源茂盛，学校商店，学生满堂，社会呈"镇静"安定之象，而中国得救矣。

勇于内战的军人们说：即一兵一卒，也要抗战到底。然而军费到手，日兵未来，即扣车搬场至租界作寓公去了。

还有那些政治家说：一面抵抗，一面交涉。这是欲以抵抗的口号而与日本作买卖。热河已既给与日本，这桩买卖或者有成交的可能罢？

我从热河陷落而公债涨价的消息，看到爱国买卖的成功。

中国人真不愧是第二犹太人——不，应该说犹太人是第二中国人。

《申报·自由谈》1933 年 3 月 13 日

辜负了月色

梦

"月到中秋分外明。"中秋的确是一年一度的一个佳节。

今年的中秋，月的团圞是依旧，天的空阔是依旧，云的幻淡和风的轻寒也是依旧；然而，这人事的转变，却一年一年的不同了。

外国人天天加紧的制造军舰，制造飞机，制造炮弹和炸弹，正在卷入了军备竞争的漩涡，几十年来所构成的和平的机械，已被摧毁得无踪无影；无论是地中海里，无论是太平洋上，在不久的将来，他们会闹得怎样的乌烟瘴气，使我们连想都不敢多想。

中国人几十年来的革命，这个也废了，那个也废了，只有这中秋，依旧还让人随便来过，说来这似乎是嫦娥姑娘独得的幸运！然而，东邻的矮子太不作美，随便把辽吉黑热像四色礼品似的拿去了；水里的龙王太不作美，随便让黄河两岸几十百万的同胞都变成了灾民；农村里的人们，正在闹着交迫的饥寒；城市里的人们，又如此的疯狂与迷醉。啊！问谁曾有心玩赏今年中秋的明月？"中天月色好谁看？"此诗正是为我们昨宵的写照。

天津《大公报·小公园》1933 年 10 月 5 日

必也正名乎

骆　驼

普天之下，名不副实的事实在太多了，你当真要一样样的去考究，可以说是烦不胜烦。不过耳之所闻，目之所见，不说说也不好过，只当他闲谈就是。

像现在的时代，做事情倒也干脆，明知鸦片是不容易戒的，与其偷偷摸摸的让几个人添外快，不如公开了倒还可以少些弊端，但是既然开灯畅吸，偏偏挂上了一个"戒烟社"的牌子。不是名不副实得厉害吗？

我想起从前在广东时候所看见的，倒比这个名字题得恰切得多，广州也是公开吸鸦片，可是烟馆门口，却是挂的"谈心处"的招牌。妙矣哉，一榻横陈，尽你上下古今的谈着，吞云吐雾，比神仙还快活。其实这个名字倒还相称得多咧。不知道"戒烟社"会不会听了我的话，改这么

29

一个雅驯的名字？园丁道："骆驼君，诚所谓只知其一，不知其二，我以为'戒烟社'的名字再好没有，因为戒烟社是专让那班有瘾的人而设的。像我们这班没资格的人当然无庸去戒，顾名思义，也说得过去，不过就是多转了一个弯。"

天津《大公报·小公园》1928 年 1 月 14 日

吸鸦片的三快

锋

真的，人非痴呆，谁都晓得享受快乐和趋避有害的事情；然而利害的关系不能一眼望到，或者是只贪极短的时间——目前的快乐，贻害终身。就像那吸鸦片的人，最初不过随便戏弄，觉着很有趣味的，还能治些小病，总算是借口的好机会；但是日子久了，知道它的害处，也就不愿意再改了。

我在乡下里听一段很有意思的话，虽然不算最流行的成语；但是一个很好的规言，我不妨写出来，一则规劝没有这宗嗜好的人，要小心；一则警告已经有瘾的朋友们快改掉。

抽大烟的人有三快：

随俗与恶习

随笔

穷得快!

瘦得快!

死了抬着轻快!

朋友们这是切身的利害,要大家多念几遍,细细思索,这是何等滋味!?

天津《大公报·小公园》1928年2月2日

天津产儿的风俗

胜　利

天津是华北重要商埠，自昔日五口通商以后，天津由阴沉沉的古城模样渐渐的苏醒而活泼起来，水陆交通，日趋便利，华洋居民，亦一天天增加起来；社会里一切的组织和事业，都在向前进展，繁荣的街市，由城内，移到城外，由城外再移到郊外。但是实在的天津人，仍是极端的保持天津味儿，有的时候，我们可以看出来城里的天津人和城外的天津人在风俗、习惯，日常的生活状况和物质文明的进步上，甚至大不相同，更有很矛盾的互相反对。细细的分析起来，我们都承认天津是受了租界的影响，客籍居民的染陶，渐渐的露出两不相同的痕迹。然而在另一方面说，现在的城里的天津人，在人生的各方面，亦有很显然的向前进展，因为时常在各种事物上都在模仿，追随

33

城外的天津人哪。

一方的风俗，对于一方文化进展，社会的改善，是有重大的关系。近日中央政府在各地实施建设工作之前，首采各地的风俗习惯，作改良社会的张本，不佞顺此议，谨将天津产儿的风俗写出些来，我希望异日能由群众头脑中，打破这种无意识的潜势力。

（一）孕前

中上等资产阶级的天津家庭，十家有九，都喜欢早婚的。儿子在十八九岁的时候，就给成婚，其大目的，在求娶过媳妇后，能够生育子女，实行大家庭过活，并且人人很以"儿女成群""子孙满堂"为门楣的光荣，假若娶过儿媳二三年后，新妇还是没有生育子女，那翁姑对她有些怀疑，甚至不满意，在言语上、行动上，时加讽刺，在新妇方面亦自以为愧，耿耿于怀，人力不足，因而信靠鬼神，希望能争口气，牵强附会，真是件可怜可笑的事。

1. 吃碰头蛋

新妇久不受孕怀胎，翁姑的抱孙心又切，就四处托人寻觅碰头蛋。什么是碰头蛋呢？就是别人家产生头胎儿子，三日洗澡，澡盆里同时放许多鸡蛋，稳婆用手将水合鸡蛋搅动，找两蛋大头相碰的拿出，送给不孕的妇人吃。

但是,不孕的新妇吃碰头蛋的时候,必须坐在门坎上,脸冲屋里背向外吃,据说,吃下后就可怀孕了。

2. 抱娃娃

不孕的妇人常常去庙里给送子娘娘烧香,送子娘娘泥像身上有许多泥小团,烧过香,偷偷的从娘娘身上拿一个合心的小泥团揣入怀中。回家后,不令他人知道,偷偷的藏在炕席底下,据说,以后就可以受孕了。过了三天,将抱来的泥小团拿出来,穿小衣裳,亦一日三餐的供养,等到真受胎产了小儿以后,就以此泥小团作哥哥,活小儿倒排行第二哪。

3. 拾砖头

作拾砖头的勾当,必须在旧历除夕的夜半,翁或姑因儿媳久亦不孕不胎,那晚独自一人,不令别人知道,出门口拾一块砖头,拿回家来放在秘密处所,尤其不能使儿媳知道。

另一说,出门不一定要找砖头拾,黑影里随便捞到一种物件就向家里走,并且将来因拾到这物件后而怀胎产儿,就以该物名作小儿的乳名。

4. 吃枣栗子

在除夕的夜饭,天津讲吃饺子。婆婆在包饺子时,馅中放一枚枣,一枚栗子,不许作记号,煮熟后吃的时候,大家不挑拣,看谁碰巧吃到嘴里,如果儿媳吃下去,来年一

35

定会有孕生育的。因为枣及栗子谐音"早立子",取其吉祥的兆语。

（二）孕后

妇人的身体生理上忽然起了变化,过了二三月实在证明没有别的疾病,是受孕的显征,如果家中尚未生过小孩子,此次有胎一定要十分的喜欢和盼望,所以又发明以下的似是而非的动作。

1. 害口

孕妇每在相当的期内,因体内营养要素,出现不足,常常需要些新奇的食物,俗谓之害口,此时为作媳妇的尊贵时期,她所想吃的东西,都能设法供给。

2. 百忌

同时孕妇对于各种事物都加十二分的小心和忌讳,例如了:

（1）不得偷听别人说话。

（2）不得抓盐过户。

（3）不得拿生酱过户。

据说犯以上三种的,临盆时要犯难产的。

（4）不得改置房中器物。

（5）不许举沉重的物品。

（6）不可操作过劳。

（7）不可吃厚味食物，如辛酸辣或油腻等物。

据说犯以上四事的，容易滑胎小产。

（8）不得入工程地。

（9）不可看死人入殓。

据说犯以上二事者小孩生下必是三片嘴。

（10）两个孕妇不可同使一条线绞脸。

据说生下小儿定会发疯病而死。

（11）孕妇不可坐别的产妇的炕或床。

据说孕妇会将产妇的奶乳占走。

3.催生

孕妇在快要临盆之前，娘家派人接回归宁，同时要预备吃面谓之催生面。常常的盛好两碗面条，一是满碗，一是半碗，用两碗再倒盖碗上，不令孕妇知晓，使她任择一碗，得满碗的，意思临产期近了，半碗的，临产期尚需时日。

4.测男女

看孕妇行路时，先举左足，必生男，先举右足，必生女。测看孕妇面庞，黄瘦憔悴，必生男，鲜艳姣红，必生女。食物上，孕妇喜吃酸物，必生男，喜食辣物，必生女。

身体形态上，孕妇的肚皮凸出，如果凸得有尖，必生男，凸得平圆形必生女。

陋俗与恶习

随笔

5.悬符

孕妇在临盆之日，住室门上，悬挂神符，据说一为挡壁诸神闯入产室，二为挡避邪神照胎，并多有不用符时，用红布作门帘亦可发生同样效力。

6.喜房和产房

生男孩的屋，谓之喜房，生女孩之屋谓之产房，喜房人人喜入，产房认为污地，人人忌入，这乃是十足的重男轻女的表证。

（三）产后

1.送喜

当孕妇快要临盆分娩的时候，家中早就将鸡蛋用红色染好，买好些荔元、黄荔。预备婴儿落草后，分送到各亲友家送喜信。同时亲友家亦买些好米、小米、芝麻、红糖、鸡蛋等物，送到产家。

2.洗三

产儿的第三日，要给婴孩洗澡，谓之洗三。亲友内眷来庆贺的最多，大家还是送些小米鸡蛋等物，主家更是预备好饭菜招待亲友。这天是稳婆得意时期，给小孩洗澡以前随意假借小孩播起三寸不烂之舌，说些吉庆话，哄得大家向盆里扔钱，意思扔得越多，将来小孩长大一定才大财更大,但是当时盆里大家所扔的钱却都入了稳婆的囊中了,极尽滑稽的能事。

3.忌生人

在小儿生后三日内未曾进过喜房的人,谓之生人。过了洗三后,就不准进去,等到第十二天才准任意进去,据说忌生人的期限之内若有生人闯入,小儿必患马疯病的。

4.满月

产儿的对周一个月,普通都要举行庆贺的,亲友亦都赠送些衣帽首饰等物。主家就预备些筵席酒菜款待来宾,这天比较讲究些热闹些。

5.百岁

小孩生后一百天,为之百岁。当家的当然是要大张盛筵与来宾同乐的,普通一般,却大多是自家在饮食上丰盛些,并没有甚举动,但是对于小儿方面,有以下几种事。

(1)百家锁

向亲友邻姓各家,每家乞制钱一枚,凑足百数,编制钱锁,在百岁那天戴于项下。如百钱太重,简单的三四枚亦可。

另一说法,向亲友处各讨铜元一枚,凑足百枚,买一银锁类物,百岁日戴在项下。

(2)百家衣

陋俗与恶习

随笔

向亲友各家,每家乞布片一块,缝在一起,裁作小袄一件,给小孩在百岁日着穿。

以上两种意思,就是希望小孩长命。

6.还娃娃

如系因抱娃娃而有孕的,生产小孩后,必须按照当时在娘娘神前许愿的数目还去,如昔许愿,还一百个,还愿时可以塑九十九个小泥娃团还去,其余一个当自己的孩子留下作新生小孩的哥哥,一样的有名字,有衣裳,有饭食供给,并且一年换一回大的,据说有的家中常供着一个带胡子的小泥团,却比生人的辈数还大呢。

7.认干娘

有的小孩生来命硬,父母招养不着,必须经过算命先生算出认一位与小孩命运相合的妇人作干娘,干娘亦必须门当户对,儿女双全才行,两家由小孩的关系亦就联为至亲。

8.认师傅

因为小儿生来命运强硬,或者过于懦弱,恐怕生命不长久,就使小儿在任一庙寺内记名出家拜师傅,意思是"跳出红尘外,不在五行中",掌生命大权之神,对于该儿的生命,意思是无权过问了。但是,小孩还是照平常一般的住在家里生活,不过在年关、节关,给师傅送几块大洋而已,并且有的师傅,一到年节,不等徒弟送来,就亲自挨家去讨要的，这种事业是僧道行的好买卖，小孩大了在相当的年岁，还必须还俗跳墙的。

这种"论调"大都起于守内阃、无知识的女人中间，起初并不是有人教讲，只是临时互相以为聪明，随意的附会牵强讲得兴高采烈，真如实事一般。母女相传愈发明，愈离奇，但是，妇女生育一事，是何等重大，常常泥于风俗及迷信，以致发生不幸，这是多么愚傻的一件事。

天津《大公报·妇女与家庭》1929 年 11 月 28 日

陋俗与恶习

随笔

专门接生的陈姥姥

佚 名

俗语说,"孕妇在生产的时候一只脚站在棺材里一只脚站在棺材外"。这便是说孕妇生产是极危险的一件事,在婴儿没有安然堕地之时,便是产妇生死未卜之秋。生产与产妇生命的关系既是如此重大,而中国几千年来接生婴儿之职,都付在一般毫无智识的庸妪愚妇之手。其间产妇和婴儿的生命,不知无形中断送了多少?读者仔细聆听一下今天陈姥姥——一个接生婆——向记者所谈的她的接生方法,便可证明我的论断决不是出于臆测。

因为陈姥姥曾为救济院里的一个苦痛妇女接过生,(因为那位苦痛妇女因受着了刺激而骤然生产,没有来得及把她送到医院。)据说她的手法还不差,所以我在今天的下午,特地把她请到救济院里。

她穿着洋缎的裤袄，扎着腿。头上戴着一朵大红花，髻上插着一双银挖耳。大概她在到济救院以前，临时的装扮了一番，在平时或者并没有这样讲究。她的年纪大约有五十多岁，额上虽是起着很多的皱纹，但是容颜却很滋润。她一看见我，便唠唠叨叨的说，"先生，你多少和气，以后请多招〔照〕顾一点生意。我们也并不是专为赚几个钱，这也是救人的生命。穷苦的人家，就是给我们钱，我们也不肯拿的。救了母子两条性命，我们十分的快乐"。

"你的接生的方法是从哪儿学来的?"我这样问她。

"我们本来是文安县人，爷们跟吾的两个孩子都做庄家货，我也并不做这种生意。后来乡下闹水灾，我们便逃到天津来，住在东窑洼刘家胡同，已有十四年。以前我的母亲在乡下做接生婆，所以我懂得一点。到天津以后，常有乡亲邻近知道我懂这法术，常来请我，后来渐渐的传出去，于是租界上的大公馆，也不时有来请我去的。"

"你常遇到难产不? 遇到了你有一定的方法治理吗?"

"难产也不时遇到。遇到的时候，我们有一定的秘密的药方。看怎样难产便用哪一种药方。我自己不识字，不过我们把那药方都好好的保存起来，哪一张药方医治哪一种难产，我自己都记得清楚。其余还有不用药方，只

43

用很简单的手术的。譬如产妇晕血，只须用铁称锤放在醋里烧热以后，送到产妇的鼻子旁边，熏一忽儿，便可苏醒过来。遇到连环生（婴儿两脚先下，叫做连环生），只须用手帮助着把两脚稍托一下，使婴儿的手向上方抱着头，便可安然地生产下来。遇到坐蒲生（婴儿的臀部先下，叫做坐蒲生），说也奇怪，不用什么手法，佛祖爷自然会保佑着生下来。假如生不下来，只好请他们把产妇送到医院里去，我们不比他们有药水，有针，所以除了靠着佛祖的力量，没有其他再好的法术。若遇左手生（婴儿的一双手先下来，据她说，先出来的那只手多数是左手，所以叫做左手生），只须拿一点盐放在那小手心上，那只手便可缩上去，然后可以照常的产生下来。左手生的原因，是因为母亲在怀孕的时候，曾经一只脚站在门槛里，一只脚站在门槛外取过东西，而跨门槛的时候，常常用左脚，所以婴儿一出胎，便先伸出一只左手来要索取点东西。"

她讲的医学胎教学实在太神奇奥妙，我们简直无从了解。于是我这样问着她："婴儿伸出手来要东西，为何不能随便给他一样东西，何以一定要把盐给他呢？"

这一问可把她问住了，"那谁知道？我们不过按照着传下来的法子去做，用别的东西，我们也没有试过"。她只好这样回答着我。

"每接生一次，要多少酬金？"

"这没有一定，小户人家给两三块，大户人家给三四块。到了三朝，亲友的添盆钱，多的有三四块，少的几十个铜子。到满月请客，请我去吃一顿酒。接一次生，所以得的报酬，就是这样。"

"每月能接几次生？一年四季，哪一季的生意最好？"

"每月多则七八次，少则一二次，也有时候一次也没有。三月九月，生产最多，腊月六月，生产最少。"

"这样说来，你每月的进款，并没有一定的数目，而且进款也不很多，你家里生活怎样维持呢？"

"我们这儿，一家五口，不说别的，三间土房租就得六元，假如要靠着我一个人，可就糟了。幸而老头子和大儿子在乡下种地，二儿子在英租界当巡警，他们每月都有钱拿到家里来。我赚的钱，不过在家用紧急的时候，垫补垫补而已。"

十九年三月二日

天津《大公报·社会花絮》1930 年 3 月 3 日

陋俗与恶习

随笔

装神说鬼的女巫生活

佚　名

昨天下午，我托朋友转请了一位看香头的妇人到我的家里。那妇人名叫刘奶奶，天津本地人，现住河北赵家场。她穿着黑布皮袄，黑布裤子，扎腿，白袜，黑鞋，小脚。头上戴着一顶乌绒尖口帽，前面钉上一块黄豆般大的绿宝石。头顶上露出的头发，都已呈着灰白色，而后面的发髻，正和荸荠一样大。她的容颜却很滋润，而精神也十分矍烁，但是据她自己说，今年已经七十岁。我想亦许她故意这样说着，可以使人信仰她确是得了神祇的保佑，所以和常人不同。她的眼睛非常特别，三角式，看东西的时候故意把上下眼皮挤紧，仿佛我们在黑暗中寻找物件一样。这大概便算她的眼睛能够见到鬼神的特征。

她说，她是前世的仙根转身，在她十八岁那年，仙界便拥护她出来顶香下神披坛，为众生解厄治病。若是她不允，诸仙便要罚她的家宅不宁。她没有法想，只得遵从了仙界之命。常附在她身上的神是临清县的白七爷。白七爷是一位异常善心的神祈〔瓓〕，能为人治病，又能为人消灾解祸，还能把阴间的祖宗请来跟他的子孙谈话。

她有着这三种技能，我想都得领教一下。于是嘱咐她先请白七爷来看看我今年的命运。于是她站起来走到桌旁，先点上蜡烛，然后烧着香，在桌旁默然站着，不到一分钟工夫，她便说，"你今年的运气不坏。你看，这个香是财香，中间都聚在一处，而且向一面偏斜过去。你虽是有财，但积不起来，而且还要破财。这破财的运气，要到明年才能消除。你这住宅不很吉利，满屋都是鬼怪，但我有方法可以解除，不知你希望解除不？"

"怎样解除呢？"我这样问她。

"我只须烧几十股香，上一个表。这香和表，不必自己去烧自己去上，你只须把香表钱交给仙童，她便能代烧代上。烧了香上了表以后，你的破财运气便可消除。"

我很明白她的用意，然而我为着要往下试探她的法术，似乎不好把她的秘密揭破，只得假装着十分信仰的样子说，"我当然愿望神能为我解除这不好的运气，但这里房屋既是不吉，我不久便想迁居，迁居后还得烧香上表不？"

47

陋俗与恶习

随笔

"那可以不必,那当然可以不必。"她这样回答着我。我的心里于是一松。

她坐了一会儿,于是我又请她为我治病。"我的右肩时常酸痛难忍,恳求神为我诊治。"我和她说。

她用着两手在我的右肩抚摩了好久,她说,"我的四围都是神,神在为你诊治,可是你看不见。你这肩膊都是因为写字太多的缘故,写得太累了,所以觉得酸痛。不要紧,过几天就好。假如你患头痛肚痛心痛,我可以请神立刻为你治好"。

"神治病用几种方法?用些什么药方?"

她说,"头痛肚痛心痛的时候,只须用煤炭火把香油烧开,我用手伸在那烧开的香油里,然后把手上所抹的油在痛处涂擦。这样涂擦一两次以后,痛便可立止"。我对于她所说的这一段话,十分怀疑,因为用手伸在烧开的香油里而能不觉其烫,并且皮肤不至溃烂,这是一件不可能的事实。但她所用的香油是否由她自己带去,其中有无假的手法,我都没有亲眼看见,所以也无从加以解释。据我的那位朋友说,他曾亲眼见过她的手伸在烧开的香油里为一个小孩治病。病虽未必立愈,然而她的手能抵抗这样的热度,却足令人惊奇。

她又说,"上面所说的是叫做油法治病,所治的大概都是外症。若是内症呢,只须吃一点香药或是药丸就可告痊。香药就是取一点香灰放在茶里，药丸就是当那香烧着的时候，用手在那火焰中所抓下来的香头，每粒都和绿豆一样大。这香药香丸都已得了仙气，所以一吃病就见好"。

最后，我又嘱咐她恳求神请我的父亲。她又烧着一股香，跪在地上磕了几个头，站在桌前，经过了一两分钟，她两只手在桌上一拍，操着山东口音说，"白七爷来了，要请我请谁？把姓名报来！"于是我把我父亲的姓名籍贯年岁以及死的年月时辰都报告了白七爷。

一会儿，白七爷便说，"你的父来了，有什么话问他？"

"我问他在阴间好不好？有没有钱用？他想念我不想念我？"

"他在阴间很好，钱也有得使用。他怎么会不想念你，他常在你的身旁保佑着你呢。他虽是有钱用，但你也得尽你一份儿的心才是。"

"我怎样尽我的心呢？"我这样问着白七爷。

"你可以托仙童升一个表，花不了多少钱。"

我知道她又来这一套，但在第一次没有被她骗上，第二次似乎再不好意思不假装着堕在她的计里。

完了以后，我给她两块钱，她说，"我自己从不拿人家的钱，这钱在我回去以后，我替你去升表。"

这班人的骗钱的方法就是用着这种手段。而一般愚

49

随笔

陋俗与恶习

夫愚妇听着她嘴里说自己不要钱,所拿的钱,只是代为烧香升表,于是在腰包里掏钱的时候,心里自然十分乐意。

据说,这位刘奶奶的生意不坏,每天总有一二个人去请求她,烧香升表的钱每次多则一元,少则铜子二百枚,所以她的进款很好,但那香和表,不知烧在哪里?升在哪里?我们却无从知道,也无从查考。

十九年三月七日

天津《大公报·社会花絮》1930 年 3 月 8 日

谈 迷 信

章伯雨

由于迷信，人们便很重视吉凶之兆。但吉利的或不吉利的事情之发生，并不一定为迷信所左右。比如说，当兵的名字，多被叫做张常胜李得标的，可是军队中却不会因为有"张常胜"之类属于吉利的名字的兵士，而真的每仗得胜，这是一个极浅显而近乎"大众化"的事实。

一个人在出门的时候，他的亲人或朋友，总是预祝一句"一路平安"，决不可说"当心跌断你的腿"的，此乃出口吉利，非存心迷信也。

有些数目字，也为人们不喜，以为是不吉利的：中国人对于"七"是不高兴的，西洋人是很忌讳"十三"这数目的。此外还有许多属于专门职业上的迷信：例如唱戏的，在正唱的时候断了弦子是认为不吉利的，做官的喜用姓

陋俗与恶习

随笔

"高"名"升"的人当差,都是属于这一类的。

我们一般人都把迷信的人当为不开通的人。但照我看起来,无论如何,一个人之迷信或不迷信,决不可作为开通与不开通的界线的。明明世界上有许多最聪明的人是迷信的,同时,世界上有许多最愚蠢的人反而最不迷信呢。Piutarch 不但为他那个时代的智者,也可算是千古的智者,然而他却极端迷信。许多嘲笑迷信的人,大半是由于智力浅薄。正是:"大抵目未经见,命之曰奇;见未能解,命之曰怪。"除开日间的工作以及足球比赛的结果以外,他们是不能在想象中体会到什么事情的。不过我倒不是在强词夺理的说迷信的人比不迷信的聪明。我所要辩驳的乃是不迷信的人,并不一定是一种智慧的表现罢了。不迷信常为无思想的结果。我相信,健全的智慧方可使人十分的不迷信,但这样一来,也许其中许多很好的信仰,为无思想的人看作迷信了。

我们得先考查一下,世人迷信到底是怎样发生的呢?人发现自己是被投掷于一团混沌的现象中,他对自己茫然,同时也不知道他对于任何事物的意义。他不能辨别身边事物及其影子。他的愚昧,正如一个孩子不知许多孩子是如何生出的一样。他不明了他的朋友死后的遭遇。他害怕许多东西,因为有许多东西伤害了他。但他不知道什么东西会伤害他,什么东西是不会伤害他的。

他所看见的一切，就是那些日常必见的一些奇异的东西，但他们相遇，并无什么常规，只是在一种纷乱而恐怖的混杂之中。一天，在森林中，他偶然拾起一粒尖的松针，随后他立即走到他常去吃的一丛很甘美的香蕉树旁。这事在当时并没有使他生出什么惊诧。但第二天他又在地上注意到同样的尖的松针，他再拾起来，旋即他发现了一丛较诸他第一次所遇着的更为甘美的香蕉，他脑中游移着发现的意识了。他用他的一双多毛而粗壮的手拍击着额头，因为在他的脑中生了奇特新颖的事物——使他茫无头绪。他自言自语的说："我拾起松针，便发现甜的香蕉！我拾起〈松〉针，便发现甜的香蕉！"在一种恍惚中，他重复着这句话，他突然的悟出真理了。当他放下手时，他的面额好像增老了十年，但却浮现着一种属于人性的微笑。他并没有当真的说，"我发现宇宙间的一种模型了"，但他是踏上了窥见人生玄奥之门的欢乐之途了。他已不再属于猿类了。他像一个孩子，在夜间，对天星经过长久静观默察，他悟出天星只是星座中的某种模型：他明白天星决不是什么神的眼睛，天星只是向他默示了一句话，就是他可以在学习中继续的懂得更多事情的。同样，原人在他的迷信中，慢慢的学习着把二与二相加起来了。他们倘若常常数到五怎么样呢？顶好把二与二加错了，因为这样做，是比他们相信不能相加为佳。

陋俗与恶习

随笔

这可以说是迷信流行的原因，但不可以此去批判已开化男女的各种迷信。我们而今有了可靠的工具去发现生命的模型了，但我们是不能满意于显然的因果，我们应用智慧的试验来发现真因所在。在怀抱中的孩子，可以相信表盖之自然飞开，是由于内部机器走击得太快所致，倘若有一个成人非要去空想表盖飞开的真正理由，他一定是个白痴。

因果的真正模型既知道了，那便没有加以空幻解释的必要了。我们没有努力相信鸡啼可使日出，或火车之推进，不是由于蒸汽，而是由于绿旗的飘摇或绿灯的闪耀。有人也许要怀疑北斗七星之模型。要知道这种模型一成立了，便可永久的存在的。从另一方面看，宇宙之大，吾人所不能了解者，正如天空之奇奥不能为人所尽知一样。人生仍是一段界乎机缘与混乱中间的途程呵，有许多事物，我们和猿猴一样的所知无几呀。这样的继续下去，人们还是要迷信的——将他们的幻想投入不知之中，以求朕兆，因为迷信主要的成分只是许多朕兆中的一种信仰而已。

迷信的人，并不相信乌鸦向他家咕叫，便真能使他家死人；他所相信的是它在预先宣布他家人将死的噩耗罢了。算命打卦也是这样：算命的瞎子或打卦的江湖，并不能掌握人们的流年运气，他们不过向问津的人说些预言。

我们要知道,迷信的人,不会时常采取这种比较近于哲学的态度的;他们有的把自己的不吉庆的事情歪怪朋友,例如丧妻的人,会埋怨朋友不应在他们结婚时,赠送一项白色的贺帐。但这是不合理性的。我曾听人说,现代迷信的唯一合理的辩驳是:某种指示某种事故的动向,正如风雨针之指示风的方向一样。

虽然如此,实际上,无论何时,去分辨说不吉祥事情的预言者与凶祸造成者,总是不可能的。在昔日,说预言的人之所以被人们投掷石子,是因为他们为人们憎恶,犹如妇人憎恶破了的镜子一样。

在美国,有许多迷信的人郑重其事的争辩道,威尔逊总统之倒台,就是由于他的国会议员人数是十三位,或说,他的国会议员人数十三正是他倒台的预兆。威尔逊总统到法国去,欢迎席上连他整整是十三个人,因为威尔逊曾经宣称十三是吉利的数目。欧战时,他虽发表了他的十四条政策,但后因协约国反对"海岸开放"(Freedom of the Seas),终于减为十三条了,迷信的人相信,这不但是一种预兆;他们还半信加了一位客,或增加了一条或者会使世界因民主而和平呢。

常人对于这一类的各种迷信的解答很少是根据理性的。就事实上立论,不管是抨击迷信,或为迷信辩护,理性终归是极关重要的。我们对于某事之发生信心与否,

陋俗与恶习

随笔

完全是依照我们自己的性情或癖性的。两个具有同等智力及勇气的人，他们在扶梯下行走，或是同时就一根燃着的火柴点烟的行动，是截然不相同的。例如，Parrell 在道德立场上是极有勇气的，然他却相信绿色为不吉利的颜色。

在战场上，佩带福星(Mascot)的物，并不见得显著的逊于不带福星的物。打一个新奇的揶揄吧，在崇奉理性的国家内，福星才最流行呢。这真可以写一篇有趣的文章，题材就是"增加理性自然的会增加迷信的"。我很怀疑那班宗教信心很深的人，虽然他们嗤鄙鬼神，但他们的迷信程度，恐怕不亚于无宗教信仰的人吧！

人生是一个猜不透的玄秘。综上所说，人类不会因他们所不知的，便当为不可知的。人生虽是五光十彩炫耀人目的混乱，但我们是可以得着一个解答的，倘若我们肯继续努力，将宇宙间显然的零碎事物归纳起来。迷信决不能给予我们整个完全的模型的，但我们是可以尽力去将我们已知的微小知识，加以整理成为小模型的。一切科学及艺术不过是从一团混沌中把一种小模型接连起来使之完整罢了。

一九三四年九月末日于南京金大农院

载《人间世》第 23 期(1935 年 3 月 5 日出版)

酆都鬼世界

翟　民

酆都虽是四川一个渺小的县城，然在信鬼拜神人们的心理上确深深地植下难以解释的朦胧，究竟那里是不是一个幽冥世界的所在，稍有常识的自然明白，笔者今在这里描写酆都——一点实际情况，并不是研究他的迷信行为。

酆都县在四川省的东南，介于涪陵、忠县的中间。县境跨大江南北，全境都是山地。平都山在城北，和鹿鸣山相对。上面宇庙巍峨，林木清幽，苏东坡有诗极赞其幽趣："足蹑平都古洞天，此身不觉到云间。"又："山上苍苍松柏花，空室楼观何峥嵘！"县城建于江滨上河坝上，形似桃叶。旧城在桃叶中段，城垣久圮，代之而兴却有整洁的马路，马路边还矗立着高楼，望之很类长江上游的小

陌俗与恶习

随笔

城市。

从码头北驶，约半里可达酆都公园，园里很有花木亭榭之胜，流杯溪绕其后，有纡回不忍去的形势。城西约三里，另有一城，名新城。据《都县志·建置篇》说，这个城建于同治十一年，因为同治十年大水，旧城淹没，知县奏准改建新城于高阜，但因交通不便，人民不愿迁移，因而新城反变了旧城。

酆都其所以能名传遐迩，完全因为平都山的不平凡。酆都的土著叫它为名山，或酆都山。山之阳，庙刹林立，大江前横，蔚为大观。它是举国无知之辈迷信的阎罗王殿就在那山顶。

从城市东北隅，通过仙桥北行，为朝山进香大道，西有接引殿、北岳殿，东有东岳殿、火神庙，东西相望。于东岳殿和接引殿的中间，向北拾级而上，至转折处有土地殿和门神殿，再上辗转至阴阳界。山侧有界官殿，东北为眼光殿和圆观殿。从阴阳界上行就是三清殿，从三清殿右侧上去有送子观音殿，千手观音殿、报恩殿、三官殿，通过山门即为大雄殿。殿前有桥叫奈河桥，桥下有一石池，叫血河池，据说桥上常有鬼拉人找替身的事，香客们又会梦到自己的母亲在血河池里挨苦，甚至还听到血河里女鬼号恸的哀音。由大雄殿右侧上行数十步为星主殿，殿的右侧，有称为三十三天的石级，级尽处左为王母殿，右为玉皇殿，沿石级上行有百子殿，由百子殿石级北上，即阎罗天子殿，殿高约五丈，深阔约四丈许，内部黑暗似漆，阴气逼人。在天子殿的祭坛前有业镜台，中嵌一铜质圆镜，径二尺许。传说它本来光可鉴人，并可看来世的形象。从前某酆都县令曾见镜内现有耕牛一头，怪问和尚，和尚因语："一世作官，九世变牛。"县令为之不怪，因命人用乌鸡狗血，将镜污滓，从此这面神秘的镜子，就黝黑无光，不能照人。

天子殿的后门，称为鬼门关，为一曲尺形的黑暗过道，因黝黑无光，给予人们以阴森恐怖的感觉。西南下行为望乡台，系'矮小的神殿，殿内祀川主和地仙，殿西侧有一大香炉，香炉临山崖，由此可望全城，传说在此处焚香哭祷，可以和已死父母或亲友相会。在酆都香会的时候，常有白衣素裳的妇女们，一边烧纸锭，一边挥泪痛哭，期与死者相见，在哭到昏迷时，自然有时也可梦见她亲人的幻影。

平都山的神像，当然以阎罗天子为神像中的领袖，天子像共有三座，最大的一座像，传说是铁像，高约二丈，戴冕旒，衣朝服，全身金色，威风凛凛。第二座传说是铜像，第三座是泥像，面颜服饰和铁像相似。神龛左右为四大判官，左右两侧有十帅立像，为木骨泥像，面容严峻，神采奕奕，经香烟的多年熏灼，黑黝黝地露着阴森的气象，其他还有林林总总的偶像，有的是善像，有的是恶像，有的是毫无表情的泥塑，这里恕不一一替他们做像赞了。

酆都固是魑魅魍魉的世界，但最先还是道家神话的中心。据道家传说，酆都平都山是汉仙人王方平、阴长生升仙之地。除了王阴二仙的神话外，还有麻姑和吕纯阳以及尔诸仙种种神仙故事，所以严都山本是一个道教的灵地。

晋唐间即有罗酆或酆都的名称，但和现在四川的酆都，完全无关。陶宏景《直诰》卷十五有"罗酆山在北方癸地，有六天宫，于死后而审判功罪"。李白有"下笑世上士，沉魂北酆都"的歌吟，那时恐信鬼的聚集处所还在北方。至明洪武四年克服酆都，才把北方幽冥之都的酆都的名字加之丰都，于是酆都由道教中心而变为幽冥世界。阎罗天子是阴间的主人，他统辖着天下的城隍。阎罗是阴间的中央长官，城隍是地方官吏，分都、省、府、州、县，各有品位不同的城隍。县城之下，辖土地神，每一土地管辖一社或一乡鬼魂，其职掌和阳世的里正、地保相似。酆都城是阴间的首都，人死后都须到这里受严酷的审判，那里有十殿阎王，主持十阴司的审判，即一殿秦广王，二殿楚江王，三殿宋帝王，四殿五官王，五殿阎罗王，六殿卞城王，七殿泰山王，八殿平恭王，九殿都司王，十殿转轮王。其中以五殿阎罗王为首席审判官，生前犯罪的灵魂在审判后依其犯罪的轻重，发落到十八层地狱，受各种酷刑。

迷信的人说阎罗王殿里有一种生死簿，记着各人的寿命长短和该死的日期，还有一种功过簿，记录各人行为的善恶，为主簿判官，专司查考登记的责任，每天查出生死簿上寿命已终的人，派阴司的无常鬼和鸡脚神按时到各地提取，阴间的司法手续和人间一样。阎王公差到各地勾取人的灵魂时，须会同本地城隍的差役和本乡的土地神，把人的鬼魂提到阴司，先须经过阴阳界、鬼门关、望乡台，到城隍处点名，然后押往酆都，受最后的审判。

平都山在每年春间，从废历正月初旬到二月中旬有很盛大的香会，有所谓天子娘娘的香会。这里还有一个桃色的传说：平都山上有一个肉身娘娘，她是重庆人，娘家姓李。先是李母患眼疾，母女婆媳三人私对酆都天子许愿，母病若愈，当亲到酆都烧香还愿，后母病果愈，三人到酆都还愿，回家后不久，李女忽失踪，遍寻不见，一夜李母梦其女告以已到酆都作天子娘娘，家人毋须悲恸。李母将信将疑，偕家人雇船到酆都来探问踪迹。同时天子殿和尚于二月八日前夜梦见一美女，告以姓氏，现已被天子选为皇后，将后殿受万人香火，并谓其家人明日来此团聚。次日即二月八日，其母果来，见后殿神厨里有一肉身女子坐化，遂金装成圣。这种无稽之谈，在香客们的脑子里常泛起深刻的迷信印象。

61

到鄪都来进香会的香客,普通有两种,一种是无组织的香客,叫做"烧散香",另一种是有组织的进香队。远处来的乡客,大都是有组织的,最大的进香队有百数十人,最小的也有三四十人。这种进香队有两种,一名烧拜香,有的在本地出发时即有组织,有的到鄪都后,临时在本地(出发时即有组)以领导烧香为业的(教口)处组织起来的。这种香队系以教口为领导;另一种名"烧供香",多由香客本县为僧率领,于是僧人们藉此也受到相当的布施。香客们一加入进香队,决定了出发日期,三日前即须斋戒沐浴,男女分居。出发前一日须在家里祭门神、灶神,出发时每人都须抱有决心,屏除一切的俗念,忍耐一切的痛苦。到了目的地,更须恭敬虔诚,于是祈愿的、还愿的,忙个不休。一直到了他们完了香愿,带了"路引"、"催生符"一类的东西回家时,每个人的面庞上,都带了宽慰的气色,虽然身体弄得相当的疲劳,经济上也受了巨大的损失,然而他们并毫不后悔,反而鼓起他们生活的勇气。许多无知识的老妇女们,也许就靠着这种生活上的微温,维持着她们死而不觉悟的残余生命。

载《逸经》第 26 期(1937 年 3 月 20 日出版)

回　国

孙福熙

回国者之喜悦，自然更甚于国内旅行者的回家了。

船进黄浦江，远见陆地一线，且已可隐约的辨别上海附近屋宇的茂密了。法国兵们争先在窗洞看。一个法国女子说：

"呵，上海是不坏！"

"上海是一个乡村？还是一个城市？"一个兵承女子之意滑稽的问一中国人。

"为什么水是这样黄这样脏的？"另一个兵问："大西洋的水是何等的绿呢，好像……海水的绿！何等的可以羡慕呵！"

我也是羡慕大西洋的彼岸的，然而我不以东海之浊水抹煞中国的一切。我不敢以上海比欧洲城市，但我在

63

上海看到外国所没有的好事物,而且更不是一路所停的海港如哥伦坡、新加坡、西贡等所有者。

在中国的店铺门口,除大块的匾与外国的一样外,还有许多招牌,在街中一望,可知两面店铺的字号与店铺的种类。而且街中悬挂布或绸的招旗,参差的飘荡,就实用而论,在店门口只要挂一块小牌,上写店的字号及种类就够了,例如"裕泰南货"。要找裕泰的人,自然问得到,要买南货的人,看了自然也会走进去的了。一定要做招牌两块或四块,写"两洋海味,南北果品"等等,都是多事了。然而人性爱新,爱超出,爱精益求精,所以必做招牌,使街的两头的行人远远的就看见,其字体又必能引人注意,而且饰以金色,镂出花纹。

店中各种商品也能引人爱好,不负美丽的招牌的宣示。糕饼店中,青豆盛在圆盒中,葱翠得如有生的植物。一样形状一样大小的尖角包十余个,如整饬的牙齿,排列在圆盒的一边上。包中是青豆,有买主时立即可以给他。长方的花生糖,尤其叠得整齐,从侧面看出花生的两片厚子叶被快的刀口切成的断面。每片糖的一面加以芝麻,所以现出花生与芝麻厚薄相间的层次。最可爱的是寸金糖:圆柱形的小段,象牙颜色。微软的糖质的外面,满结芝麻。中心是雪白的细粉,这是糖屑。有几段切得适巧,露了搀在糖中的红丝。呵,红得有趣!我长久不吃寸金糖了,然而还记得它的口味。当嚼开它时,细而白的糖屑先给人以甘味,以后嚼着黏韧的外皮,同时闻着芝麻的香气。

当我梦游旧地似的回忆以前吃寸金糖时的情况的时候,店门口来了一个未老先衰的人,用右手的二指与中指拈出口中还在燃烧的半段香烟;从油腻的棉袍的操手袋中取出左手,拿了一把这样精微的寸金糖,代香烟而放在口中了!

我安慰自己:既然做得出这种细点心,自然在这民族中也不乏懂得滋味的;像这种粗卤的人,究竟是例外的。

晚上,我到饭店去。进门就见拿过满盆的烧土附鱼。这是何等的应时呵?红酱和在汁中;鱼色深黑,知烹调前是很活的;薄皮的裂处,露出洁白的肉色,所谓象牙土附是也。淡黄的冬笋,切成骨牌片,翠绿的葱粒,如极细的指环。长久不与中国菜亲近的我,将一享这眼福与口福了。

步到桌边自然先脱帽。然而,挂衣钩在哪里呢?墙上有的是蜘蛛丝与灰尘,连粗钉也不见一条,于是放帽在桌上。然而,桌面是以油腻做毯子的,而且油腻的茶壶茶杯都放在桌上,没有放帽的地位了,于是又放帽在头上。然而,这样戴了帽吃饭了吗?还有什么法子呢!应该脱大衣,但也没有地方可挂,而且室内没有火炉,也不容我

65

脱大衣。既然戴了帽，也不妨穿了大衣吃饭罢。——三日后，大衣后面坐得如镜的光亮，自然是意中事了。我也成为出过洋就看不起中国一切的一类人了吗？我也已经不顾在外国所学的东西一概顺从中国的情形了吗？除了做这两种人的一种以外，还有第三种态度可取吗？

我在等电车。电车将停时，自动车在电车与我的中间接连的行走，自动车走过，电车也开走了。

在电车中，他们推我，他们推我，一直推我到角上。我要下来了，他们不让我，我说，请让一让，他们不让我，我着急了，勉强的挨挤下去，勉强的在车已开行时跳下。然后才知道，他们要走下时，必用手弯逐起来，大声的说：

"ㄋㄚㄍ（你们的）娘杀塞ㄊㄞㄥ（在这里）啥勿让的！"

"要议也勿用骂的！"大家嚷着而且说。

我走赴约会，因时间不早了，所以想走得快些。但前面的人很拥挤，正在我前面的是一个少年，瓜皮帽上一颗小的红结子，袍挂的袖子大到七八寸，两臂都与地成四十五度角的斜挂着，左右旋转的踱着。我不能走上去，所以有时候想：主持市政者第一应该注意，行人增多，道路也加宽；其次，行人也当时常注意留出一条路，让后面急于上前者经过。正在思想，我的后面挤上来一担什么，他且挤且说：

"啥勿走的？塞在此地！"

我的手指上被他的破箩擦伤了皮。然而他教我挤上去的方法，比我所想的有用得多！

有一次，到季君家去，坐了六七分钟的人力车，付十二个铜圆了。车夫还是不肯；旁人也说已经不少了，他还是不肯。我要他等一等，敲门想请季君知道这里的情形者理论、我与他的争执，但他说，"谁等你呢！"他骂我的娘的声音成串的迸出来了。等我见季君时，我还听到他的骂声，使我不敢请季君与之理论，于是他的骂声我全数收受了。

在旅馆停住了两夜，除加一小账已在账房付过外，又付茶房两角，他说不够，于是又添他两角。他高声叫另一茶房说：

"来拿！四角！只有触夕（女子生殖器）去哉，有这样便宜！"

我虽然不懂他所说的是什么意义，但看他所表示，总是恨我给钱太少。于是我怒了。我要他到账房去要，因为房中挂着的章程上写明小账加一，倘有茶房另讨小账等事，请告账房，即当斥革。到此时他才说并不为钱少。

在欧洲时，常听到，当欧洲人问"恐怕中国的城市还很旧式的罢"的时候，总回答说："近来也着实工业化了。上海是与欧洲城市一样的了。"

我们设想，有一天，中国到处如上海的工业了，或者

随俗与恶习

随笔

我们羡慕的工业化的美洲欧洲人一个不留的都走出，让中国人享福了，然而大家照样的挨挤，照样的谩骂，这样，就有人恭维中国的文明了吗？

我看治理本国很有条理的英法人对于上海的中国人，有这许多的一个问题也没有法子了罢。上海的街道不算窄了，电车不算少了，然而总是拥挤而且噪闹。噪闹这种事，于英法人是无害的，他们只更吸收财货好了。而且经济的压迫正是好方法。然而不成，中国人长于忍耐，又长于计算，米价从八元一石涨至十元了，于是每日吃一升者减至吃八合。穷苦到做乞丐了，还与做纨袴子时一样：不见其勤劳些也不见其忧愁或愤怒。穷苦不能使中国人死。寿命确实短得多了，然而中国人口并没有减少，早早生了儿子，宁愿与人挨挤谩骂而死亡。英法人还有别的法子，派遣印度人安南人拿了棍子来打我们死。然而又不成，中国人见到好避的，避开些；避不开，忍些苦，终于弄不死的。常有人说恨语，以为中国非到完全由西洋人主持时不能治理的了。看了上海，大概可以证明这句话的不能成事实的了。除非中国人自己或请西洋人，普遍而且深邃的使中国人都有智识，中国是永远没有希望的了。我所说的当然不是没有人想到过的好方法；然而我相信，搬运西洋的好东西是无益的。我们看，电车是西洋的好东西，然而为了坐电车，所以挨挤而谩骂；汽车是西洋的好东西，然而在电车将停时，它不肯等候，不让电车的旅客上下。同一个缘故，因为只是臭皮囊，所以辨不出塞进口中的寸金糖的精细。

然而我有能力使中国人有智识了吗？这当然是不能，所以我对于上海的混乱，只有逃避，我亦即回家乡来了。

或者有慈悲的人要可怜我的受苦，我要安慰他：请弗担忧，受过几次苦，我就同样的会欺侮人了！

或者有热心的人以我这话为太悲观，我就添说一句：我还是希望不久在社会间寻不出我所写的事实，而有人说我是撒谎。

孙福熙押

载《语丝》第 24 期(1925 年 4 月 27 日出版)

陋俗与恶习

随笔

捧角家是戏剧艺术之贼

陈大悲

近来中国旧戏院里每一个"名角"身边必定有一班所谓"捧角家"的随侍左右,仿佛是忠臣、义仆、孝子、顺孙。名角登台,捧角家蜂拥台前客座中,目不转睛的向那名角身上、脸上、眉目间注意。名角嫣然一笑,捧角家便率领着盲目的群众哄堂大笑。名角底秋波偶尔向捧角团方面一转(近来略有进步,各人四散的坐开去了),台下的掌声以及令人肉麻的怪叫声一齐起来。这时间的捧角家真能把"受宠若惊"四个字描摹得淋漓尽致。秋波去后,他们方敢旋转头来,大家相顾一笑。笑容之中含有一点骄意,仿佛每人心中各自以为刚才秋波底目的是我而不是你。同时必有许多摇头摆尾的怪相出现,直等到第二次掌声与叫声大起时方才罢休,而另换一种新怪相。

这种风气几已传遍全国，而以北京为尤甚。所谓名角者不是行同私娼的坤伶，就是男妓脱胎的花衫。所谓捧角家者，其中固然有几个是"恩客"，或是"老斗"，其余的无非是"恩客""老斗"底食客或是走狗。所以每一个捧角团底首领必定是一两位有财有势的阔人。所以我们在数月前看见"伶界大王"从汽车或是马车里走出来时身边常常带着两个腰悬盒子炮的奉军马弁。

阔人要阔，男女的娼妓不知有人格，与我们平民百姓原没有甚么关系。我们那里有闲功夫去研究他呢？可是我们现在要解答"捧角是合理的吗"这个问题，就不得不把目前捧角的现状顺便说一说。

我们为甚么要解答这个问题？因为我们要知道我们理想中的新剧场里将来是不是应当传袭或利用现在盛行的这种捧角的方法。

我们承认戏剧是艺术底结晶。凡是一种艺术必须借助于鉴赏者底培养拥护，方能茂盛起来。鉴赏者既有培养与拥护之责，自然必须正大光明的把这种艺术介绍给普通的群众，使他们自己去领略，自己去鉴赏。艺术是情绪的产物。情绪这样东西是古今万国大略相同的。所以俄国的托尔斯泰可以引出美国观众底眼泪来，英国古时的莎士比亚可以引得现在中国的观众拍案叫绝。凡是真正的艺术品，鉴赏者只消略为提倡，略为介绍，他自己就

71

能觅得鉴赏的人,用不着聚着一班包办的专家来"捧"。换句话说,凡是由包办的专家"捧"出来的东西决不配称作艺术。唱旧戏的,不论伶人与票友,开口就是"请您捧场",因为他们明知这不是真的艺术品,经不起严格的试验。所以非"捧"不可。一样东西至于非"捧"不可,足见这东西已没有自立的可能性了。"捧"在人手里的东西,一失手就要落地,就难免打得粉碎。我相信真正的艺术品决不是这样的。莎士比亚底剧本如果非"捧"不可,那就早已失传了,因为我们找不到这样长寿的人来"捧"他。亨利欧文决不能从英国带一班捧角家到美国去捧他。下而至于电影中的却泼林、陆克,也是有目共赏,无须乎捧的。

我写到这里,就有一位同事劝我不要再亵渎"艺术"这两个字了。他说,"现在的所谓捧角家都是'醉翁之意不在酒',哪里谈得到甚么艺术?有的是为贪财,有的是为恋色,捧角这件事无非是要制造一种空气鼓励他人多掏掏腰包来帮助自己达到猎财渔色的目的。你又何苦要谈起艺术来呢?"

我本来也不愿谈到艺术的话。但是近来的确有许多人要想把旧戏搬到艺术的天秤上来秤一秤。所以我不得不把这层黑幕略略揭开,使我底同志们知道,如果要把旧戏当作艺术看,那么捧角这件事是艺术宫里所不容的。

捧角家是戏剧艺术之贼，因为他们是想用袁世凯强奸民意的手段来强奸观众的意志。真正艺术鉴赏者是决不容人强奸的。强奸观众意志的，不是戏剧艺术之贼是甚么？

我希望改造中国旧戏的先生们先把这些贼驱出戏院来，然后可以谈旧戏底改造与旧戏底艺术化。我望你们早早拔出智慧之剑来杀贼！

《晨报副刊》1922 年 8 月 31 日

陋俗与恶习

随笔

竭蚊式的年龄

酒囊

　　酒囊从前在乡间，听说城里人的年龄和乡下人的很有些不同的地方。乡下人的年龄，只会一年一年的长，从来不会今年二百五十一岁，明年便缩成二百五的。城里人到底比我们乡下人聪明的多。他们的年龄可以一年缩似一年，这样一来，狗命可以多延几年(?)，黑面包可以多嚼几块(!)。不对，爱人可以多恋几个。何以见得？请你查一下男同志的入党表，就可以证实我的话语的大确而特确。满头白发老态龙钟的，只登记十九岁；牙豁面绉的年纪更轻，那就只有十八岁了。并且在表内"结婚否"一栏里，都是不约而同的填着一个大大的"否"字，那末"有子女否"一栏更毫无问题的要写"无"字了。我们贵省——湖南——是非常迟婚的(?)，至少要到二十岁(?)才去举行，所以我们这辈向外发展的青年男同志，自然要大大的谈一下恋爱才对。因为恋爱问题不解决，哪里有闲精神去谈革命呢？□□的风俗太糟，只可怜我们这些处男都遇着了你们那些破女！真是上当！

坏了，这次总登记，劈空规定年龄要在念五岁以上方准他入党。这样一来，我们青年同志不免要发着一阵慌。好得这般人的年龄能够和乡下的青菜加上粪一般的涨，一转瞬间都是纠纠然变成念五岁的壮汉了。可是有一点很觉为难，就是年龄和结婚常常发生了缪辊，女同志因为年龄变了戏法，不免要向她的他发着疑问：你偌大年纪难道真没有结过婚么？如此这般，岂不多了许多破绽——错了，多了许多麻烦。因为白发可以用乌发水染黑的；老态可以穿了西装——便宜些用布中山装——把腰干像鸡巴般的挺着来遮盖的；牙齼呢，镶一口黄澄澄的金牙；面绉呢，满满地刷上一墙雪花膏白玉霜：难道还能有啥破绽么？只有这个年龄"念五岁"多么讨厌，是要用黑墨填在白纸上，很容易启发她的疑窦。不要紧，你好说因为要适合环境起见通融多填了几岁，其实芳龄只有二九呢。不过有一点吃亏，假使你遇到了一位口齿刻薄的她，或者要反唇相讥，说你是娼妓式的年龄，可以涨涨缩缩的，那真是糟糕得要发霉。

五卅于南京

陋俗与恶习

随笔

吃

马宗融

　　有一天大家高了兴去听旧戏,座头拣的是楼下偏右的一方。隔座的前排椅子里塞满了一个肥人,他的头要是埋下去,你仿佛会看见一个方块的胀鼓鼓的棉花包子。我们初发见他时,他正在咬甘蔗,那削成一段一段的摆在盘子里的似乎杀不住他的火,他另要了一长节在那里撕扯。隔一会再注意到他时,他又在吃豆腐干,又一会茶叶蛋,于是引得我不断地去看他,只见他放下这样吃那样,吞尽那样又买这样,中间以烟、瓜子作幕外活动,一直到终场,他没有停过吃。戏园也凑趣,设了许多提篮叫卖的,他们的叫声和台上的唱声一呼一应,真是别有风味。也就因此我们的方块先生才没有绝过一分钟的粮,并替他引出了不少的同调者来。

他那动作不息的嘴引起我许多的繁想:记得在伦敦时,每周必往一个公开集会去听讲演,座中有一个女子,除了裙外,上衣、领结、外套等与男子无别,口里含着烟,手里就预备糖,烟刚完就把糖塞进口,糖还没有尽时,烟又燃了。如此直到散会。这是个典型的女同志,不过领导还没有成功,所以我不敢说这就是伦敦某部分人物的风气。但在我唯一坐过的中国火车,京沪线车上,那种情况就难说不是一种旅行者的共通习惯了。只拿叫卖的人来说吧,他放下梨子香蕉,就来豆腐干,走过一转,又换成一篓咸牛肉,轮流不息,叫的声音也悠扬,也凄楚,尤其是在晚上;他一走过,在我的眼中至少要现出若干动着的嘴,耳里还要贯入些唧唧的声音。人虽坐得空隙俱无,许多人茶还是要泡的,于是窗沿上,地下都可以发见几把茶壶,这虽是三等车的情形,一二等车里也是一样,不过表面上漂亮些罢了。据我个人的阅历,这怕是中国特有的现象,足见我国人的吃喝是"不可须臾离"的了。

罗素到湖南演说,湖南督军请他吃饭,据说百味杂陈,到他已不能举箸了,席还未上到一半;就是酒也是各色俱备,主人还谦说只是一顿便饭,罗素就由不得要表示极端惊讶了。的确,我们寻常请客,到终席前上座菜时,除了极有理性的节食主义者外,莫不感到腹胀欲裂。罗素既受了我们督军的恭维,又吃了我们的油大,所以不好

陋俗与恶习

随笔

太说我们的坏话,否则怕不把爱斯基摩人来比拟我们?

爱斯基摩人的吃说来也真是可怕。这是一群在北极冰天雪窖里生活着的民族,据赖都尔诺(Ch. Letourneau)说他们要算驯鹿时代欧洲人的祖先,但也说他们是蒙古风的原始民族,文化最低的黄种人。这我们都不去细究,因为这还是一个待决的问题。

爱斯基摩人(Esguismaux)的食量真有出人意料的大,只一个少年的爱斯基摩人在二十四点钟内就吃了八磅半的海豹肉,一部分生的和冻的,一部分煮熟的,另外还吃一磅又六分之一的面包,再加上一罐半极厚的菜汤,三杯葡萄酒,一大杯 grog(糖水、烧酒、柠檬混合成的饮品),又五瓶水。

英人罗士船长(Capitaine Ross)谈过这样一回事:有一天,一些英国人杀死了一条麝香牛抛给一小群的爱斯基摩人,他们就亲见了一次饱餐大会。这些土人把死兽的前半身完全割成些长条,用一个整天的功夫把它一齐吃掉。这长条是一个传一个地吃,很快地就由长而短而尽了。每个预餐的人尽量地把长条的一头向嘴里塞,塞到没法再塞了,然后用刀齐着鼻子割断,还尽力地嗅着肉香递给别个。有时吃不了,要缓口气,便横躺到他们的床上去,一面哀叹着自己不能再吃,只要一有再行进食的可能,他们又狂吞大嚼起来。这因为他们虽则躺下,手里剩的肉和握的刀仍旧没有丢开的。

什么浓腻的东西他们都喜欢吃，英人巴里船长（Capitaine Parry）遇见过一些爱斯基摩人把海豹的生油也抢着大吃特吃；英人皮袋里剩的油也被他们吸得一滴无存。就是三岁的孩子们也能吞食生鱼，吸饮生油和成年人的贪馋无异。

所以罗士把爱斯基摩人比作猛兽一样，他最大的快乐就只吃，吃了又吃。但他们到底是人，惬意的自不止这一件事，不过这是享乐中最痛快的一件罢了。我们且看李容船长（Capitaine Lyon）如何给我们描写一餐爱斯基摩人的盛宴："辜里杜克使我看见了另一种爱斯基摩人的新餐法。他一直吃到迷醉了，脸上发红，发烧，口也大张着。在他旁边坐的他的妻子阿尔纳鲁阿，看守着她的丈夫，替他用食指尽力塞到口里一大块一大块的半熟的肉。到他的嘴已塞满了，她就齐唇边把余肉割下。他慢慢地嚼，到刚觉有点空隙，又是一团生油塞了进去。在这样进餐的时候，这幸福的人动也不动，只有下巴才微微动着，连眼睛也不要睁；可是每逢他的食物能留出个空子使声音通得过时，他就要发出一种很有表情的哼声，以示他的满意。他嚼得油流到满脸满颈都是，我因而相信一个人若是吃得太过，喝得太多就越近乎禽兽了"。

这是美洲的爱斯基摩人，还有居在亚洲，和阿纳第尔

陋俗与恶习

随笔

河流(Anatir)相近,受了俄国化的朱赤(Tchoutches)族,也与他们的食欲不相上下。有一家八口的人家,每顿要吃二十公斤的鱼,用茶下着吃,单是一个老人就喝了十四碗。他们用腹部贴卧在他们的茅棚里,用极可怕的脏手抓着一块一块连刺都不除的鱼就放进嘴里,嚼食后才把骨刺吐在盘里。他们吃得来响声四起,直到两个钟头之久。

又有一个康查大勒(Kamtchadales)族比朱赤族稍进步一点,他们已知道豢养驯鹿,可是食量依然不肯多让他们的同种兄弟。我们且看他们大请客时的盛况。

在北极地带住的人,生活上有两种极大的痛苦,就是寒冷和饥饿。康查大勒族的礼节就要使请客时有极丰盛的饮食和极高度的暖气,直到受也受不住了才行。在这种时会,主人不吃,耐性地等着再也吃不下了的客人来向他告饶。在宴会开始时,主客都脱得精赤条条的,这是个内部的习惯,在所有的爱斯基摩人间都是一样。客人于是尽量大吃,吃得汗流,一直要到实在没有法再吃了,才肯宣告败阵,告退时呈现主人以相当的礼物。

假如是请的几个人呢?那么,火就可以烧得小点,但吃是一样地没让手的。主人用海豹或鲸鱼的油裹成像香肠样的长条敬客。主人自己跪在客人的面前,把油裹的长条向客人嘴里尽量地塞,然后用他的刀暂齐着嘴唇把留在外面的斩下,和上述的美洲爱斯基摩女人喂她的丈夫一样。

　　写到这里,那方块先生的背影恍惚还在我的眼前活动。

载《太白》第 1 卷第 3 期(1934 年 10 月 20 日出版)

陋俗与恶习

随笔

纪念云乎哉

剑 芒

中国自从"门户开放"以后，似乎染了一点"洋"气。以前本没有什么纪念，或者也正因无纪念的事情；近来就不同了，这大概是染了"洋"气的结果吧。

纪念仿佛似传染病，或者也可说似苍蝇，会播种子的。

现在中国纪念一天多一天了。长此演进巨增，一年三百六十五又四分之一日，不难天天不是纪念日了。

纪念是各式各样的，不是"清一色"：惨的，乐的，酸的，甜的……但是用统计学的法子列起图表来看，毕竟还是惨的，酸的……的多。因为"自宋以来，我们终于只有天灵盖而已"，"中国人对外国人是爱和平的"；兼之"老子打儿子"，是中国"祖传"的"家教"。

纪念虽然是惨，酸……却也处处为人着想。当到纪念的日子，机关上的"公务员"，藉此可以"停止办公"，学校里的学生，也得"放假"休息。至于农、工、商是不会的；因为他们都是"土子"，所以纪念也不会光顾到他们。

　　不但此也，纪念却也是一件很"凑趣"的事。现在是"由皮带恋爱到西装恋爱的转变期"（这是一位具备了新闻记者的资格的朋友告我的，我是没有这么灵敏的感觉）。在纪念日里，男性们正不妨西其装，革其履，头发梳得油淋淋地，苍蝇站在上面都会跌断脚胫。"准"冒牌或"竟"冒牌密司们当然更要换上一件新旗袍，——就是热天，脸上也还要像霜天般景。一种醇浓神秘的香味，缠索着她的周遭，嗅着使你马上会想跪在她的膝下求饶，会场于是乎成了恋场，因为科学家发明了"异性相吸"的定律，他们和她们既然挤在一块儿，磁电浪就不住地交流，举行团体"吊膀子"的"典礼"。大人们或委员们呢？当然在台上公开的做"花脸"，"小白脸"也不妨学学"坤角"，这是多么"方便""煞风景"呵！

　　纪念日，在较大的都市里，自然"照例"（照例是中国民族的特性，老毛病）开个会；还要游行呢！标语贴满墙，传单落遍地；几篇演说，"口沫淹死人"，高呼口号，嗓子就倒霉。还有军乐队呢，音乐悠扬，好听呀！好听。新闻记者也像煞有介事的，坐在讲桌的两旁，仿佛庙里的关公的

83

随笔

陋俗与恶习

左右摆着关平和周仓,正正经经地把这些名言伟论一笔一笔不放松地抄下来。报纸于是乎划一专栏,将开会的经过和名言伟论整个的全部的登载,这是不可忽略、磨灭的新闻。

白天开会,夜里自然也要"星散",哪个肯做阿木林去"摸瞎"呢!就是明天,后天……——除非纪念又在十殿阎罗的轮回上面轮生了,谁不"过了算了"?中国人"健忘","由来久矣"!

较小的城市,无疑地是大都市的"尾巴"。在这个轮回上的纪念日,"免不得"也要摆两下。多是不多的,只有一二只猴子(自然比不上大都市里),在一座矮小的台上,扭几个圈子,也就了了一场大事。

至于"土帮"或"封建王宫"里呢,因为"洋"气没有染得深,所以也没什么纪念;就有,也是二十一斤半的红爹爹,把他们强奸着的。然而这又逃得出"过了算了"的中国人的纪念的"公例"?

一年复一年,纪念复纪念,纪念终于是纪念。

但是究竟不能说中国人没有人才,因为有些"哭老鼠"的猫儿。纪念日,正是他们"痛哭流泪"的机会——自然不好意思空过,"也免不得"要拉长嗓子,立定脚跟,正正经经地呜呜地呐喊起来。这是他一向的惟一的职业,当然用不着惭愧。恨中国的乡巴佬尽是"聋子",偏偏听不见听不出这种深山庙里的钟声,这显然是乡巴佬的"不是"。

一年复一年,呐喊复呐喊,呐喊终于是呐喊。

中国人做事,原来是这样的。

一九二九·四·廿八夜三时于南昌电台

载《语丝》第 5 卷第 18 期(1929 年 7 月 8 日出版)

陋俗与恶习

随笔

买 名

虞 孙

最近出了一件奇闻:福建省政府请了一位著名的教育家来整顿教育。他跑来就开了一个全省运动会。这事逗得许多学生废寝忘食地发狂。有四个学校作篮球的锦标比赛。其中××学校因要得锦标而又怕得不到,就向其他两个学校秘密交涉,愿出钱收买,价格是每校大洋五百元——出了一千元就战胜了两个学校。剩下一个劲敌。它却不愿出钱收买——在比赛时有意踢伤了对方的一个健将,因此锦标就到手了。

这事当然不是学生做的,因为:一,学生没有这么多钱;二,学生还没有这样坏(就是有意踢伤人,也是被人鼓动的)。出了这么多钱,无非买个名,正如开店的登广告一样。然而这事显得未免太曲折。不如由政府明令定出价格来：田径赛锦标价若干，足球锦标价若干，甚至其他一切的比赛，如会文，辩论……等。这本有先例可援——如从前的捐监，捐官，多么妥当而痛快！或放洋行的拍卖，谁出得价大，就谁得去，更觉公允！

运动本是好事；提倡运动自然也是好事；用锦标来提倡运动可就造孽了。既用锦标来提倡运动，就不能禁止人家用钱买。从前有某某学校——现在总照旧有的——豢养了几个头等运动员来替学校争名，或者想种种方法不使他们毕业。等到他们年龄过大了，无用了，如坏了嗓子的戏子一般马上被学校请出。这不是造孽么？而大多数的学校，平时不鼓励，到了要开运动会了，立即选出少数的几个，用种种优待使他们功课也不上，日夜练习，临场时把吃奶的力气都使出来，甚至皮、肉、性命都不顾。这哪里是运动，简直拼命罢了！然而，所为何来！这样麻醉了学生去拼命，倒不如出钱收买的来得人道了。

运动是如此，其他用锦标来鼓励的一切活动自然也是如此。

学生本是纯洁的，他们是不深于世故的，他们的心里是没有罪恶的。无奈一般所谓办教育的人用了蛊惑的手段把羔羊般的青年驱到死路上去，因而成就了他们所希图的。牺牲了青年的时光和精力来成就学校的虚名，已经是万恶；更可恨的，他们且轻轻地在青年的心里种下了

87

随笔

陋俗与恶习

虚荣的毒苗，从此毁污了青年的纯洁！

今天本校的运动员回来了。前面有铜乐队导着，接着就是旗帜和奖品，运动员个个都是黑眼圈，瘦面庞，受伤的一拐一拐地走着，如军阀的出征而凯旋的军队一样！

其时正巧乡人春社迎神。他们亦有旗帜的，亦有锣、鼓的，他们却老老实实地抬着一个菩萨，不像受教育的先生们的菩萨是嵌在心里的！

一九二九，国耻日的明天

载《语丝》第 5 卷第 23 期(1929 年 8 月 12 日出版)

装　饰

马宗融

　　看见现代的女人的穿高跟鞋，烫发，剃掉原有的眉毛来另画两道直入发角的线似的长眉，涂脂抹粉，搽红嘴唇——这毛病还传染给一部分时髦的男子——带珠光灿烂的耳环，约指，臂钏，我们的前进一点思想家已深叹文明进步的迟缓，现社会里还遗存不少的野蛮习惯；其实拿不久以前的缠脚、束胸和欧洲人的缠细腰来看，却不能不算已有长足的进步。

　　但人类为什么要变更或残毁自己的面孔和身体，去求所谓美呢？这是件源远流长的事，我们且听耐都尔诺（Ch. Letourneau）说："想要好看，就是用自己的身体的颜色、模样，使自己和别人发生一种有情趣和愉快之感的，不是从人类起。许多畜类，已经感到这点，并且已经表显

陋俗与恶习

随笔

出来,尤其在求爱的季候。在许多鸟类中尤其是难于否认的事实,有的善于整理它的羽毛的,晓得美妙地把这羽毛显现出来,夸张那耀眼的色彩。关于这点,若干的鸽类、火鸡和孔雀等算得典型的例子"。耐氏以为人类最简单和最初的美的感觉:就在修饰的爱好,这是在地面上各处都是如此的,哪怕在远不知道绘画和雕刻艺术的民族中,若南美洲的火地(Terre de Fen)的民族,都没有例外。"人类绘画和雕刻在一切身外物体上之前先在他自己身上绘画和雕刻"。

这里曾发生美的标准问题的:许多我们以为美的,在其他文明较低或较高的民族看来,或许要感到可厌,许多所谓野蛮人作些扮相出来使我们在夜里遇见几乎会吓得死的,偏是他们认为最美、最漂亮的样子。例如文身及残毁肢体的风俗就产生许多极可笑或极可怕的怪相。

经过锡兰岛时,看见那里的居民男子有的在眉间画着红或白的各式标记,有的把额颅弄得灰扑扑的,额上画着几道不大分明的白痕;女子臂上的钏不知有几幅,指上的环也不知有几对,耳朵上无论男女都有耳环,不过女子所带的样式更多,重量并金质的最为普遍,无论男女有的都把耳垂坠得成了一个大肉圈,女人并把鼻孔的边壁上戳一个洞,安着一颗金钮似的东西;在我们看到真觉得有些不顺眼,但在他们不是用为"级制"(Caste)的标识,就是为着增加自己的美观的装饰。这还是文明发达最古的地方,若周览文明较低或几乎没有的民族,就越是怪异百出了。

澳洲北部,天气比较热,居民统年裸体,皮肤都巧格力色,其余各处多用兽皮遮身。他们偶然得到一点欧洲人的遗物,就自认为已经文明;Lumholtz 在坤斯兰德(Queensland),离海很远处曾遇见过两个土人,一个穿了件旧衣衫,一个戴了顶女人的帽子,自觉洋洋得意。但这是并不流行的装饰,一不见有欧洲人瞧着他们时就扔开了。

一根用兽毛搓成的线编的细绳就算他们的腰带及颈饰。有的人的颈饰是用珊瑚或贝壳穿成的。还有的以一把兽毛用蜡使它固定在肩上、胸上、背上或是屁股上部的周围,这都是他们的名贵的装饰。还有的就用极薄的石片在他们的身上把皮肤划开,从胸到脐一条一条的像带子样,胸的两边,乳头上面斜盖两道新月似的曲线,若把乳头当作眼睛,这就像两道竖立的眉毛。在肩头上也划许多伤痕,像肩章上垂着的穗子,然后用灰去填住,或使蚂蚁在上面去跑,使伤口不能复合。到肿得够高了,才让这些伤痕渐次平复,那么就可得到一身隆起的纹了。可是这在女人是要受严紧限制的——这是野蛮人间的通例。

91

又有很多的男子在鼻准下，两孔之间穿个洞，横贯一根骨质的小棒，认为极美的装饰，有时得到一根欧人的烧料烟管，就很高兴地把小棒丢掉，把烟管穿上，向人夸耀。遇有节日便在上画着白的、黄的和红的线条。戴上一顶鸟毛镶粘成功的各色花样的帽，有高到数尺的，形状多与棕榈的树身相近，顶上饰上丛毛，也很像远看的棕叶或棕枝；从顶到帽沿的花样很变幻有时延到脸上通是"花零鼓铛"的，额下又篆着一部大胡子，好像一个棕榈树精样。这就是他们的盛节的舞装。

在墨拉来西亚（Mélanésiè），红是最上的颜色。染色化妆一般都爱用红。澳洲漂亮人在赴跳舞会或往会友之前，在他们的胸前、腿上画许多红白交错的线条，画成，显影自赏，高兴到路都走不来了。

纹身漆身的风俗在野蛮人中很通行。非洲拱戈的邦加列的人男女多把额上头发剃个三角形的缺，从缺口起到眉间为止，一串差不多与眉心同宽的鼓出的肉纹；鬓边、耳旁，各有一朵浮雕似的肉花，多作丛叶形状。许多拱戈女人背上都满雕着复杂的花；男子两臂也雕着美丽的花纹，既工细，又隆起，若在像片上看来，简直与古铜上的浮雕没有两样。遇有节日，无论老少男女，把身上都画着白、红、蓝、黑，各色的花纹，连头发都要染红。

蒙布杜的人无论男女从小都用带把头缠起来，使头不得往宽处发展，而变成一个长形，额以上到头顶几乎与脸部同长，以为美观。

萨拉女人的唇盘，尤为怪异！当幼小时就在她的上下唇的中间割一个小口，先只用一根草把口子撑起，慢慢地改撑以小木棍，渐次渐次加大。因此使唇部扩张得很大，尤其是下唇，简直成了两张宽长且薄的皮了。这皮是用来装置一个直径二十四生的迈当的木盘的。在上唇里另装一个较小的。为要位置这两个盘，不惜把上下门齿一概拔去，使盘支持在第一臼齿上，以便唇的运用。有时不幸嘴皮破裂，女人仍不甘心，必要把破皮的一端连起来把盘再行装上。这样美妙的装饰，我在一次有声影片中曾经见过，真是有趣！她们仍要吸烟，喝水，喝水时把水先倾在下唇的盘内，然后仰起头来吞饮。说起话来，上下盘相击，剥剥有声，极尽丑相。到了这嘴皮一破，再破，不可收拾的时候，就只有几条皮拖在胸前，鼻子下面显出一个黑洞，直不是一张嘴，一个人形。

像这样有牺牲精神的爱美，我们真算是"小巫见大巫"了！

载《太白》第 1 卷第 4 期（1934 年 11 月 5 日出版）

陋俗与恶习

随笔

客气与自饰

少　珍

　　"客气"是人生一种虚伪的表现。一个人一到要客气的时候，非把天真束缚得紧紧地不可，所以客气也不是容易的事：不是训练过几天的绝不会客气得很自然的。试看越天真越活泼的人越客气不来。平常在学校里闹得飞天的同学，你试请他到你府上和你尊堂见见面，谈他点把钟的话，他不出一身汗我就不肯信。我前些日子和几个朋友逛西湖去，起初一两天逛得很高兴，不由得大唱其"杨延晖出宫院……"；不料第二天朋友的亲戚家几位女客同游——还好没有坐一张船只两张相并而行——但是怪了，空气低压得闷死人，连话也不很谈了。在这样的湖里，大好风光，有时也下意识地唱出一句的上半节来，立刻意识就赶走了下半节，于是又鸦雀无声，大家不免相视而笑。从前有一次被家兄把我带到亲戚家里去拜会拜会，那位亲戚顶客气，只听他称长赞短，说我怎样用功读书，将来一定很有希望；还说我父亲做人好，才有这样很成器的子弟。可怜我脸红红的一句话也答不出来，家兄看不下了，才替我答几句，这才下场。还有一次遇见一位同学，是刚才暑假满后回校的，虽很熟，但也不大开过玩笑。他一见就握手且邀我进宿舍坐谈，我也进去坐了。头一句问话是："暑假在家好玩吗？"不知道他答什么，我已进行想第二句怎样问法了。无论怎样设法，这话的数量毕竟不够长时间的分配。于是装着在书桌上的书籍堆中翻来翻去，翻完了，怎么办呢？对方也不很说话，这样不如走开了自在得多。实在耐不住了，只好说："我还有别的事，再会。"三脚两步赶紧逃出来。

毕竟"客气"这小鬼太灵巧了，比湖南"共党"还利害，什么地方什么时候都有它的踪迹。

平常人不惟在新知的朋友前要竭力地说自己很不聪明，学问如何浅陋，又称赞对方如何好，还愿请他时常指教指教；就是相处到了毕业的同学面前也要竭力地说自己考试成绩不好，远赶不上他。其实问心又何常愿意这样的说呢？

与这"客气"并驾齐驱的有一样东西，那便是"自饰"。自饰与自夸不同，其中有程度的差别。后者和客气是不

陋俗与恶习

随笔

共戴天的仇敌,有一样占胜利,其他一样就非立刻回避不可。至于自饰却不然,有训练的人却可以运用得两者并行而不悖。如一个学生尽可一面自己谦虚说自己学问不好所以成绩也不十分好,一面骂教员暗扣了他的分数。

客气与自饰不惟不很冲突,且有互相调济的作用。有时客气太不争气,失了面子,自饰就出来争回。自饰太卖力了的时候,客气也会赶紧拉它回去,自己出面;但有时自饰画一副鬼脸,变成了自夸,客气也只得退避三舍了。

一位同乡已经考上某校,一天我见着他就说:

"恭喜你,此次好几个同乡都没有取上,你倒好了!"

"侥幸!侥幸!我这样人也会考上,一定是看卷子的人眼睛瞎了。"他说。我知道这又是"客气"小鬼在脑子里打滚了。于是我赶紧说:

"哪里!不过考试这种事本来就靠不住的,或许你恰预备着那里,所以就考上了也不一定。"

这真太伤尊严。"自饰"听见忍不住了,就从脑汁深处跳出来。

"是的,但是我这次预备也煞费苦心呢,参考书我也买了不少了。——其实那些题目也容易得很。"

事后我又遇见别的一个同乡(他是与考而不取的)。

他怏怏地说:

"本来我也预料考不上的，但某人夹带倒考上了，他妈的，真岂有此理！"

载《语丝》第 4 卷第 41 期(1928 年 10 月 22 日出版)

随笔

论麻雀及扑克

梁遇春

年假中我们这班"等是有家归不得"的同学多半数是赌过钱的。这虽不是什么好现象，然而我却不为这件事替现在青年们出讣闻，宣告他们的人格破产。我觉得打牌与看电影一样。花了一毛钱在钟鼓楼看国产名片《忠孝节义》，既不会有裨于道德，坐车倒真光看那差不多每片都有的 Do you believe Love at first sight? 同在finis 削面的接吻，何曾是培养艺术趣味。但是亦不至于诲淫。总之拉闲扯散，作些无聊之事，遣此有涯之生而已。

因为年假中走到好些地方，都碰着赌钱，所以引起我想到麻雀与扑克之比较。麻雀真是我们的国技，同美国的橄榄球、英国的足球一样。近二年来在灾官的宴会上，学府的宿舍里，同代表民意的新闻报纸上面，都常听到一种论调，就是：咱们中国人到底聪明，会发明麻雀，现在美国人也喜欢起来了；真的，我们脑筋比他们乖巧得多，你看麻雀比扑克就复杂有趣得多了。国立师范大学教授张耀翔先生在国内唯一的心理学杂志上曾做过一篇赞美麻雀的好处的文章，洋洋千言，可惜我现在只能记得张先生赞美麻雀理由的一个。他说麻雀牌的样子合于 golden section。区区对于雕刻是门外汉，这话对不对，不敢乱评。外国人真傻，什么东西都要来向我们学。所谓大眼镜他们学去了，中国精神文化他们也要偷去了。美国人也知道中国药的好处了。就是娱乐罢，打牌也要我们教他们才行。他们什么都靠咱们这班聪明人，这真是 Yellow man's burden。可是奇怪的是玳瑁大眼镜我们不用了，他们学去了，后来每个留学生回来脸上多有两个大黑圈。罗素一班人赞美中国文化后，中国的智识阶级也深觉得中国文化的高深微妙了。连外国人都打起麻雀来了，我们张教授自然不得不做篇麻雀颂了。中国药的好处，美国人今日才知道，真是可惜，但是我们现在不应该来提倡一下吧？半开化的民族的模仿去，愚蠢的夷狄的赞美，本不值得注意的，然而我们东西一经他们的品评，好像"一登龙门，声价十倍"样子，我们也来"从新估定价值"，在这里也可看出古国人的虚怀了。

话归本传。要比较麻雀同扑克的高低，我们先要谈

陋俗与恶习

随笔

一谈赌钱通论。天下爱赌钱的人真不少,那么我们就说人类有赌钱本能罢。不过"本能"两个字现在好多人把它当做包医百病的药方,凡是到讲不通的地方,请"本能"先生出来,就什么麻烦都没有了。所以有一班人就竖起"打倒本能"的旗帜来。我们现在还是用别的话讲解罢。人是有占有冲动的。因为钱这东西可以使夫子执鞭,又可以使鬼推磨,所以对钱的占有冲动特别大点。赌钱所以有趣味,因为它是用最便当迅速的法子来满足这占有冲动。所以赌钱所用工具愈简单愈好,输赢得愈快愈妙。由这点看起来,牌九、扑克都是好工具,麻雀倒是个笨家伙了。

但是我们中华民国礼义之邦,总觉得太明显地把钱赌来赌去,是不雅观的事情,所以牌九……等过激党都不为士大夫所许赞,独有麻雀既可赌钱,又不十分现出赌钱样子,且深宵看竹,大可怡情养性,故公认为国粹也。实在钱这个东西,不过是人们交易中一个记号,并不是本身怎么特别臭壤,好像性交不过是一种动作,并不怎么样有无限神秘。把钱看做臭壤,把性交看做龌龊,或者是因为自己太爱这类东西,又是病态地爱它们,所以一面是因为自己病态,所以把这类东西看做坏东西,一面是因为自己怕露出马脚来,故意装出蔑视的样子,想去掩护他心中爱财贪色的毛病。深夜闭门津津有味地看春宫的老先生,白日是特别规行矩步，摆出坐怀不动的样子。越是受贿的官，越爱谈清廉。夷狄们把钱看做同日用鞋袜桌椅书籍一样，所以父子兄弟在金钱方面分得很清楚的，同各人有各人的鞋袜桌椅书籍一样。我们中国人常把钱看得比天还大，以为若使父子兄弟间金钱方面都要计较那还有什么感情存在，弄到最后各人有各人的心事，大家都伤了感情了。因为他们不把钱看做特别重要东西，所以明明白白赌起钱来，不觉得有什么羞耻。我们明是赌钱，却要用一个很复杂的工具，说大家不过消遣消遣，用钱来做输赢，不过是助兴罢了。我们真讲礼节，自己赢了别人的钱，虽然不还他，却对他的输钱表十二分的同情与哀矜。当更阑漏尽，大家打呵欠擦眼忙得不能开交的时候，主人殷勤地说再来四圈罢，赢家也说再玩一会罢。他的意思自然给输家捞本的机会。这是多么有礼！因为赌钱是消遣，所以赌账可以还，也可以不还，虽然赢了钱没有得实际利益，只得个赢家这空名头是不大好的事，因为我们太有礼了，所以我们也免不了好多麻烦。中国是讲礼的国家，北京可算是中国最讲礼的地方了。剃完头了，想给钱的时候，理发匠一定说："呀！不用给罢！"若使客人听了他话，扬长而去，那又要怎么办呢？雇车时候，车夫常说："不讲价罢！随您给得了。"虽然等到了时候要敲点竹杠，但是那又是一回事了。上海车夫就不然。他看你有些亚

101

木林气，他就绕一个大圈子，或者故意拉错地方，最后同你说他拉了这么多路，你要给他五六毛才对。这种滑头买办式的车夫真赶不上官僚式的北京车夫。因为他们是专以礼节巧妙不出血汗得些冤枉钱的。这也是北京所以为中国文化之中心点的原因，盖国粹之所聚也。

有人说赌钱虽然是为钱，然而也可以当做一种游戏。我却觉得不是这么复杂。赌钱是为满足占有冲动起见，若使像 Elia 同 Bridget 一样 play for love 那是一种游戏，已经不是赌钱。游戏消遣法子真多。大家聚着弹唱作乐是一种，比克力克（picnic）来江边，一个人大声念些诗歌小说给旁人听，……多得很。若使大家聚在一块，非各自满足他的占有冲动打麻雀不可，那趣味未免太窄了，免不了给人叫作半开化的人民，并且输了钱占有行动也不能满足，那更是寻乐反得苦了。

又要关进讲堂的前一日于北大西斋

载《语丝》第 121 期（1927 年 3 月 5 日出版）

文人手淫(戏效某郎体)

郁达夫

文人是指在上海滩上的小报上做做文章或塞塞报屁股的人而言。

文人以韩冬郎的《香奁集》为理想,如花晨月夕、凄风苦雨等句,所以取名氏也应该以近似韩名者为合格。

文人的唯一武器是想象,不用体验。

文人可以做官,因为官的理想和文人相同,只教宣传宣传国家主义、假装做道德家,而以想象去钻门路杀百姓就行。文人可以进研究系,因为研究的中心,就是想象。文人可以当教授,因为在讲台上不必讲学问,只须以想象来讲讲批评就可以混过时间。

文人的批评中国文学,须依据美国的一块白璧德的招牌。

文人所认为世界最大的文学,是在美国印出来的《太上感应篇》的美国文。

文人所认为中国最大的文学，是内容虽则不必问它而名字却很体面的《道德经》。

文人可以不要体验，所以尽可以不研究这一个人的思想而跟一位不缺德的白璧德来批评叫骂。

文人批评"饮食男女人之大欲存焉"说，这因为孔子受了卢骚的影响。文人批评"非礼勿——，非礼勿——，……"说，这因为孔子抱了白璧德主义。时间空间，真理实情和矛盾等等，在文人的想象眼里，是毫不存在的，所以中国人学英文的时候，可以读读美国《百家姓》；外国人有冤枉的时候，可以请包龙图去坐坐洋乌台。孔子以前已经有了白璧德主义，白璧德死了，卢骚也许会送他一张四事票子的。

文人要做官，要提倡国家主义，要挽回颓风，要服从权势，要束缚青年，所以最要紧的是拥护道德，而不道德的中心似乎是在女性。文人绝对不应该接近女人，而自己一个人回到屋里，尽可以以想象来试试手淫。文人也可以做小旦，第一因为小旦不是女性，第二因为文人可以以想象而化男为女。

孔子曰，想象之用大矣哉，一个钟头大约有块半钱好卖。

一九二八，四月十四日午后

载《语丝》第 4 卷第 18 期(1928 年 4 月 30 日出版)

同　情①

李苏菲

同情两个字义时常容易引起我的怀疑。在这个明白如昼的世界里，是否有着它的存在？

我怀疑它，对于生活似乎也不是一种比空气或是饮料来得更为急切的需要。我把心情想得远一点，泛漫一点，记起不久以前曾经有人问过同情值多少钱一斤，实在使我有过忍不住的好笑。幸好我不是一个商人，或是一个专门以牟小利来维持生息的贩夫走卒，所以不会对它作出另外一种有益于自己的打算，出乎意外地，是我非但不会贩卖它，甚至也很卑薄而且訾怨它的。若问原由，让事实来作真实的解答吧。

---

① 本文原题为"忘川随笔——同情"。

在人生疲乏的旅路上，我好像就为它碰过很多钉子，吃过很多的亏，并且招过人家很多的埋怨。对于这些并不怎样高明的事，我一面虽然能够避退三舍，忍耐一切；但在另外一种情状下，也会根据自己那份固执的脾气，作出严厉的对抗。——这坏处，自然又得归功于那一本新约：耶稣对于我这一类的人来说有人打你的右脸，就连左脸也转过来由他打的那种傻事，真实得不到一点赞助的。——在某些耳目所接的地方，心灵的敏锐使我领悟到了对手卓就预备了长矛的刺击，笑的甜蜜，和着盾的防御。我是明了得那么地亲切，有如出自自己亲手铺排的一样。我从来就不会放过那些可以启发自己的最奇妙的处所，同样也毫不会为情感所疏忽；知道将长矛的姿势处置得顶随心顺手，装出更为动人的笑脸，有些时候几乎能使对方当作我是个无知的小卒；在很好的遮掩下，并且还安置了更为坚固的盾牌。我在等待一个新鲜的属于心灵的战争。……

"这是同情给予你的不幸吗？"

我这样想过，似乎没有那样一回事！情形的严重有些时候确实达到了顶点，但是那第一个最先跃马出阵的，好像还没有训练成那股兴致盎然的勇气。于是我感到悲哀，原来人类都是那样喜欢自作聪明，既然在某种踯躅下，不敢正派堂皇地出马，然而在别一种深挚的笑涡上，他是依然能够使你在狂大的漩洄水中给淹死的。我重新恍悟了起来，于是发出更深的卑尊，訾怨，甚至连及了这个衰朽的民族，和属于这个民族往先的一切灵辉的虚伪！在脆弱的听觉下，我仿佛还听到一些声音：

"你还要为了一点开心就疏忽了自己，疏忽了将来；你不得加重戒备，担心敌人的矛尖会沾染着你的血点，你得一样怒目相视，正面视着人生，不要惧怕畏缩。

我想问他：

"这就是对于同情顶好的解答吗？

那个怪异的声音早已飘到别处去了。天底下全然幽黯了起来，我听不到一缕其他的回声。我替自己庆欣，好像已经得到了一点启示，一份并不粗浅的理解，并且知道以眼还眼以牙还牙！

天津《大公报·小公园》1934 年 8 月 15 日

陋俗与恶习

随笔

生　活

何　为

近来自己的生活的确已经糟透了。完全没有把握
的，今天不知明天会不会饿死。蹩住在一个洗浴间里，每
天每天都想写一点东西解决生活。但这希望却是始终渺
茫的，因为一篇文章写出去以后。从此就毫无消息，所谓
"希望"也就此完了。

完全饿肚的经验虽则很少，可是半饿肚的滋味，却是
每天在这儿尝的。每顿吃着十二个铜子一碗的光面，加
上两只大饼，就马马虎虎的过去了，有时简直就只吃两只
大饼。

一天三分之二的时间都是化在借钱上面，不论是什
么天气，不论是春夏秋冬。有时在马路上或江边徘徊着，
有时在三等电车里拥挤着。天气热起来了，却还拖着件

烂棉袍,人是完全给闷得糊糊涂涂的失了知觉,走起路来简直像在半空飘荡着似的。

"找点职业做做啊!"

朋友们亲切地叮咛着,我自己也这样想着。可是问题就在这点,因为应得向哪里去找职业,我是完全茫然的。各处都已人满了,没有站脚的余地。我有时想弄个校对做做也好,但就是这个几年以前鄙视的差使也是那样艰难。

自己怎么能够活到如今,的确是奇怪的,照许多人推算,大约我是应该早已死的了,甚至骨头也应早已枯烂了。可是我今天还能够活着,这一方面使许多朋友欣慰,一方面也使许多朋友难堪。

"你不做事,也没有文章发表,单靠挪借一点钱,是怎么生活下去的呢? 你本领真大,真正厉害!"

这些朋友大都是很惊奇的,他们仔细地考察我,盘问我,显出怀疑的脸相,露着雪白的牙齿狞笑着。

"我不信,或者你受到什么……"

因为他们要跳舞,要看戏,要进大餐馆,甚至还要赌博,像我这种生活当然是难了解的。不能了解,却偏会不要脸的乱造谣言,这侮辱我永远不会忘掉。

更使人生气的,是许多朋友听了我的窘况以后,谎似的反驳我说:

　　"可是你的衣服还穿得相当干净！"仿佛我说

　　这意义是说，如果我真是窘得这样，那无疑地要像"叫花子"样龌龊，一样褴褛。我现在的穿着，似乎还太尊贵一点呢。

　　可是我亲爱的朋友们！我究竟并不是乞丐啊……

《申报·自由谈》1935 年 4 月 30 日

文人的气派与嗜好

张恨水

因为自己是名望人物，必然的要一字值千金，并不是字高，实在是人高，苏炳文的述怀诗谁也比不上，他曾经气凌长虹的抗过日本，然而，毕竟文字是假的。

有了功名的八股先生，动以正统自居，要非你有过功名他会不骂你是"野鸡"。前几天见到一位老翰林，行动照旧要坐四人轿，有人请他写几个字，不是墨不好就是笔太轻，总归没有一样配得上他这金枝玉叶。

这种人谁也不能否认他是活着的死尸，既不敢一步越出庙堂，当然处处唱着泥古的调子，所幸他们还不狂放，假使再有一副泼辣的嘴，越发臭不可闻了。

近人有些地方也染有这种风气，认为自己是名士，一定要崖岸高峻，不如此便显不出神气，于是三十岁的人提了棍子架了眼镜屈起背来，便成了五十岁的老态，这是美，超尘拔俗，惟恐扬声不远，爽快拍了照片印在纸上，如此以来，文人必老！

如此还不算绝境，直到"弱不胜衣"，那才是加倍漂亮，人因文而起，于是乎造成了一个典型，必吸烟，必近视，必老必病，必如此才会多感善文，才会追怀以往伤悼现在，究竟是谁作践了自己。

不相信不吸烟的人做不出文章，不相信崖岸高峻是文士的典型。相信时代的作家，在不久必定要剪除这些耻辱！

《大公报·小公园》1934 年 2 月 26 日

为己和为人

石　发

　　小说家写小说，艺术家成就艺术品，最先是以自己为中心，抱定一种"天上地下唯我独尊"的态度，真觉到天崩地坼不足移动我之锤凿或画笔，而且除了我这么将一己的功力完全发表后，世界便要到末日似的。这么，方能有伟大的创作。

　　一到为社会作事业，提倡一种思想或指导青年，方法便完全不同了，这几乎完全是为人！为人虽然不能无我，然处处是要替旁人，社会，人类着想，也就值得考虑现状，顾及将来，和表现的方法。

　　看来今日许多大人物，似乎都未曾注意到这一层。也许在混乱中，不曾自觉自己的影响和力量，一句话说出之后，所动者极微，如车轴，而所推及的动作便大了，如车轮。某先生曾说过一方面在圆心中转,一方面在圆周上跟,永远奔忙,白费气力而无所归,那比喻倒是确切的。

若干年来青年的气力有许多真白费了,跟着大人先生喊口号奔忙,结果往往领袖们落得一个今日之我与昨日之我战,至多轻轻认错,而"苍生"便遭殃了,流血伏尸。那过错,是以前纯粹凭感情作用表现自己去了。现在又竭力弥补,如何弥补得?而今日之我与明日之我也许又战哩,所以状况也更危险。

所以昔日洋化,今日复古,前之革命,后之拜佛,急速的反复和沿洄中,牺牲便不可胜言。一直到许多领袖渐渐到了老年,学识比现在丰富了,心气也和平了,回想当日之所行所为,当暗自叫声"惭愧"。

新兴的领袖也许很多吧,无论提倡一种什么,对于这时代的现状,将来的影响,是值得顾及的;其始作也简,其将毕也巨,后好名是一种美德,其源出自天性。与花之散芳,雁之流响面有无情的历史和始料所不及的事实,要加以精密的考虑才行!

《申报·自由谈》1934 年 5 月 3 日

好 名

佩 离

好名是一种美德，其源出自天性。与花之散芳，雁之流响，麋鹿之弄姿，孔雀之振羽，是一样的道理。故有"名誉为第二生命"之称，西洋人好名大概比中国人加甚；其实声明文物之发扬，人类的繁衍，甚有赖于"知识"中这一种子，——"如海遇风缘，起种种波浪"。

照世俗的说法，世上只有两种人：一者为名，一者为利。这分类也许太荒唐吧，倒是很概括的。普通人为了衣食，为生活奋斗，生无益于时，死无闻于后，是不觉得"名"之重要的，倒是切实的"利"，较为动心。但生存的目的，不仅是"为利"而已，而是于生存之外，要求温饱，温饱之外，要求精神的发展。占社会最高价值的是生命，生命不是用金银可以铸成。教育的目的并非教人挣钱，而是

陋俗与恶习

随笔

注重使生命有最高度的发展。

试想一部人类史，除了战功纪略或货殖列传外，没有历代的文人，学者，圣哲，那状态岂不非常可怕？一个民族通通化为商人，到处只见谈"生意经"，又将成为什么世界？但人类中终于出了不同一点的人，如印度的学者——是不是"为名"者流？简直是鄙弃物质，创造出教理，普被群生，使人类的生活臻于较善较美之境地。

着衣喫饭，凡人皆知，然徒然着衣吃饭，那景况便将黯淡了，虽屑有生，终无活气，不得谓之生活。囚徒也有生活，甚而至于动植物界皆有生活，人的生活究应有所不同。古人设教不"言利"，并非没有看清楚人类应该着衣吃饭的。

"为利"者斥"为名"为傻瓜，为痴人，以为要活一千岁吗？"不朽"又怎样？反之，问他"朽"又怎样呢？也茫无可说。放开眼光看，则知一生的工作，为己之外，也应为旁人，为后人！好名者是有出息的，唯恐现代人不好名。不一定是"当世名"，也有"后世名"。真好名的在现代也许不多见吧，当乱世有名亦明哲之所忌，古来便多"隐逸"。

《申报·自由谈》1934 年 5 月 15 日

读几本书

邓当世

读死书会变成书呆子,甚至于成为书厨,早有人反对过了,时光不绝的进行,反读书的思潮也愈加彻底,于是有人来反对读任何一种书。他的根据是叔本华的老话,说是倘读别人的著作,不过是在自己的脑里给作者跑马。

这对于读死书的人们无疑是当头棒,但为了与其探究,不如跳舞,或者空暴躁,瞎牢骚的天才起见,却也是一句值得绍介的金言。不过要明白:死抱住这句金言的天才,他的脑里却正被叔本华跑了一趟马,踏得一塌糊涂了。

现在是批评家在发牢骚,因为没有较好的作品:创作家也在发牢骚,因为没有正确的批评。张三说李四的作品是象征主义,于是李四也自以为是象征主义,读者当然更以为是象征主义。然而怎样的是象征主义呢?向来就

117

没有弄分明，只好就用李四的作品为证。所以中国之所谓象征主义，和别国之所谓 Symbolism 是不一样的，虽然前者其实是后者的译语。然而听说梅特林是象征派的作家，于是李四就成为中国的梅特林了。此外中国的法朗士，中国的白璧德，中国的吉尔波丁，中国的高尔基……还多得很。然而真的法朗士他们的作品的译本，在中国却少得很。莫非因为都有了"国货"的缘故吗？

在中国的文坛上，有几个国货文人的寿命也真太长；而洋货文人的可也真太短，姓名刚刚记熟，据说是已经过去了。易卜生大有出全集之意，但至今不见第三本；柴霍甫和莫泊桑的选集，也似乎走了虎头蛇尾运。但在我们所深恶痛疾的日本，《吉诃德先生》和《一千一夜》是有全译的：沙士比亚、歌德……都有全集：托尔斯泰的有三种，陀思妥也夫斯基的有两种。读死书是害己，一开口就害人：但不读书也并不见得好。至少，譬如要批评托尔斯泰，则他的作品是必得看几本的，自然，现在是国难时期，哪有工夫译这些书，看这些书呢，但我所提议的是向着只在暴躁和牢骚的大人物，并非对于正在赴难或"卧薪尝胆"的英雄。因为有些人物，是即使不读书，也不过玩着，并不去赴难的。

《申报·自由谈》1934 年 5 月 18 日

奈 何

非　心①

相传有过这样的笑话：王荆公常不洗头面，面目黧黑，非常难看，侍者进澡豆，请他洗脸，荆公说："天生黑于予，澡豆其如予何。""其如予何"，翻成白话，便是"将奈我何！"或"将把我怎样！"孔夫子说过"桓魋其如予何！"王莽也说过"汉兵其如予何！"皆是到了没有办法的地步，这么说的。如果要在"幽默"项下举例，这倒是极好的例子。

不过这种气分，在近代也不多见了，一味倔强，贯彻到底，也略有外强中干的意味，矫情嗔物的嫌疑。这种话说出了当然使人觉得可笑，然虽到了这种地步而不说出，那情况是多的。

----

① 即许广平。

这妙法一经传布开去,实行起来,天下就要不平安了。当然,聪明人只当他"幽默",一笑而已:傻子就会认真,处处倔强起来,"其如予何"呢?许多地方要使人弄到没有办法的。

那精义,就是无所畏了。最高的限度不过一死,死后怎样无从知道,姑不必论,但每人只有一生死,却是的确的。世间事无论真幻,最大无过于生死之情。如果有所畏,畏到极致也无非怕死而已。然而孔夫子早不怕死了,王莽也不怕,王安石更不怕,好像说:我生来是这么一个人,你们这班东西将奈我何呢?所以王安石说:天变不足畏,人官不足恤,祖宗不足法!

时下无论"站在哪种立场"看,中国的确近于危亡,然就正需要一班不怕人,不怕鬼,不怕三教九流、高文典册、金科玉律、炸弹手枪……的人,扩充仁道的精神,动手救这危亡的民族!

当然,也还得不怕"澡豆"!

《申报·自由谈》1934 年 5 月 19 日

谈 傻 干

江寄萍

在都德著的磨房文札中,我看见了许多很好的散文。有一篇《高尼叶师傅的秘密》,形容一个磨麦粉的师傅的个性的刚毅,及不屈不挠的样子,很可以表现出西洋人傻干的精神。他说法国在工业不发达的时候,那时汽机还没有发明出来,许多磨房里都用风力来磨麦粉,所以如果是勤苦的人,都可以得到丰衣美食。那地方每逢星期日,磨房的主人都是很快乐的把香酒拿出来请客,主妇也妆饰得很漂亮的,戴着黄金的十字架,大家吹着笛子跳舞。可是后来有巴黎人到那地方去创设了一所汽机面粉厂,一来工价便宜,二来磨面也快,所以大家都把麦子送了去磨,这一来把借风力磨麦的磨房的买卖抢了不少。于是大家都不能维持了,相继的都关了门,有的去做别的

121

生意,有的便潦倒不堪了。磨房的主人再也拿不出香酒来请客,主妇们再也没有闲暇的时间来修饰。这个很热闹的地方,一时变为异常的凄凉。在这些倒闭的磨房之中,唯有一家还开着门,它的风轮依然在天空中盘旋着,这便是高尼叶师傅的磨房。这不是一日了,大家都怀疑着谁家的麦子拿来给他磨呢?可是高尼叶很勤苦的,每天都赶着驴子驮着两口袋麦子,送到他自己的磨房里去。风轮老是转着,可是他的磨房却不让人进去,即或是他不在磨房的时候,也把门关得牢牢的,像怕人偷走了他一粒麦子。不想忽然有一天,他磨房的门忘了锁了,有几个孩子进去一看,哪里有什么麦子。原书描写这些小孩子初进磨房的神情很好。说:"怪事!磨子间里竟是空空如也,一只口袋都没有,一颗麦子都没有;墙壁上和蛛丝上也都没有一些粉屑,就是平常磨房里辗碎麦粒的这一股热香也闻不到,磨床上满布的是灰尘,那只大瘦猫就睡在上面,就是内间也同样的有这种废弃与穷的神气:——破床一只,破衣数袭,阶石上有面包一片,一只墙角里有三四只破口袋,口袋里漏出些石灰屑与粉土来。"高尼叶的秘密便被发现了。原来他的驴子驮着的是石灰。孩子们把这秘密传遍了村中,那个年老的磨面粉师,便坐在他的磨房里哭起来,原来他这样的吃苦来干这事,是为磨房争些光荣的。大家被他的诚心感动了,都送麦子来给他磨。

以后这磨房便继续的维持下去，直到高尼叶死后，那磨房的风轮才停止的。在我们看来他作的这种事是近于疯狂的，或是因为激刺过深而得的一种精神病，其实这是一种很坚强的意志，一种反抗的精神。西洋许多的科学家，事业家，都是因为有这种傻精神而成功的。这不是矫情，不是愚拙，而是坚强的努力。中国人遇着失败，便认为全盘没有希望，把全部都牺牲，一生便这样萎顿下去。遇到人家这样傻干，还加以嘲笑，所以永远没有成功。这篇文章像是笑谈，然而真启发我们不少。

《申报·自由谈》1935 年 3 月 21 日

陋俗与恶习

随笔

节 操

曹聚仁

中国历史上所谓士君子,似节操为重,取巧躲避,却并不是儒家之道;东汉末年,党锢祸起,张俭亡命困迫,无论投向什么人家,只要知道是张俭,明知要惹大祸,大家甘于破家相容。范滂初系黄门北寺狱,同囚的很多生病;滂自请先受榜撩三木囊头暴于阶下,滂遇赦归乡,又以张俭案株连,朝廷大诛党人,诏下急捕范滂等。督邮吴导抱诏书闭户伏床而泣,范滂听到这消息,知道督邮为的是他自己,便到县自首。县令郭揖解印绶,愿与范滂同走,语滂曰:"天下这么大,你怎么到这儿来?"范滂道:"我死了,大祸也就完了,怎么可以牵连到别人呢?"滂别母就狱。他的母亲安慰他道:"和李膺杜密死在一起,岂不是很光荣的吗?"党案牵连到李膺,有人劝李膺出走。李膺道:

124

"处事不怕难,有罪不逃刑,乃是臣下的本分。我今年已六十,死生有命,往哪儿逃呢?"便就狱受毒刑而死。当案株连所及,各人的门生故吏及其父兄,都在禁锢之列。蜀郡景毅曾叫他的儿子从李膺为门徒;因为未有录牒,免于禁锢。景毅便自请免官,道:"因为敬仰李膺的为人,才着顾儿去从他;难道漏列名籍,便自苟安了吗?"这种种地方,都可以想见当时士君子重节操,轻性命不肯躲避取巧的情形。

　　祸患到来的时候,亲戚故旧远嫌避祸的,本来也很多。但就儒家的气节来说,远嫌避祸,也是不应该的。孔融性刚直,时常和曹操相冲突。友人脂习每劝融明哲保身。后来孔融被曹操所杀,陈尸许下,汉人敢去收尸。脂习即往抚尸痛哭,被曹操所拘囚而不顾。又如张俭因党案逃至鲁国,欲投依孔褒。恰巧孔褒不在家。孔融年仅十六,擅自收容下来。后来事泄,褒融二人均被收送狱。孔融挺身道:"我作主收容张俭的,请长官办我的罪!"孔褒道:"张俭是来找我的,和舍弟没有关系的,请办我的罪。"吏久不能决,只好探问他们母亲的意见。孔母道:"我是家长,我负责任,请办我的罪!"一门争死,连郡县都不能决。我们看了这种舍身赴死的精神,千百年后还振发起来,无怪当时震荡一般人的心灵,大家都要砥砺节操了!

陋俗与恶习

随笔

　　"哀莫大于心死"，假使人人以偷巧躲避为得计，那么，中国读书人，都要个个都变成"汉奸了"！"礼义廉耻"之说方兴，我愿国人注重"耻字"，就该把"节操"比一切都看重些。

《申报·自由谈》1936 年 7 月 19 日

沉醉的处所

学 礼

沉醉是世间最快乐的事,当我们沉醉在某一处所的时候,浑然忘了宇宙的一切,所谓"三杯无万事,一醉解千愁"便是:描写这种境界。

我们在沉醉的处所,得到安慰,感到满足。我们甘愿花了重大的代价,换取片刻的沉醉。

世间的各人,都有他们各自的沉醉的处所,看到了他们各自的沉醉的处所,可以知道他们的性格,可以推测他们的前途。

最好沉醉的处所何在? 不在舞场,不在赌窟,而在学术的园林;当数学家在讲他们的直线和圆,化学家在倒他们的硫酸和醇时,他们整个的心灵都沉醉在这里面了。

学术的价值,至少从这供人沉醉的一方面看来,已经是无限的了。

《申报·自由谈》1941 年 4 月 15 日

陌俗与恶习

随笔

私怨的中国

子 严①

我有一个现在德国的朋友，他素持私怨说，便是对于中国切事情，都以私怨一个字做根本的解说。譬如说起某甲攻击某乙的著作，他便说这必定是因为他们两个人有私怨的缘故。我当初不肯相信，以为中国人即使是很下流，也何至睚眦必报，有这样的厉害，但是近来却渐渐的觉得他的话颇有道理，虽然不能像他那样的用私怨说来解释一切，至少也可以说明社会上一大部分的事情了。

中国人为什么这样的容易结仇，不肯宽恕别人，这或者由于专制政治的影响也未可知；但我想因为没有教育，

---

① 即周作人。

不能理解别人的言行，发生误会，确是一个很大的原因。譬如崇科学而破迷信，确是很好的事，但在抒情诗里一听到"我的灵魂燃烧着了"之类的文句，便勃然拂袖而去，似乎不免思想太浅窄了。从这些事件类推过去，可以知道无谓的憎恨必定很多，日后非破裂而为明的争斗，或暗的倾轧，也发出为有作用的言论。可怜的读书人最犯这个毛病。我们拿起书报来看，通信记事以至随感录之流，几乎都含有私怨与作用的意义，看了真是如金圣叹所说的令人遍身不愉快起来。我于是不得不怀疑到一件事情上去，便是"看书报到底是否有益的事"。

《晨报副刊》1922 年 10 月 7 日

陋俗与恶习

随笔

酒　后

往往是这样的，不止一次、三次五次了。当我的寓所内岑寂万籁无声的时候，甚至没有钟摆的摇动声在这冷静的室内点缀，这时候总要引起我呼吸促迫，脉搏纤小，脑筋振晕，心头狂跳。不是别的，烦闷之神驾临了。

我常常回想的人，我也常常健忘，因此片断的杂思就引起了极丰富的烦闷材料。

实则，人谁不要找快乐来安慰呢，少年人的心，更最好不给烦闷的丝网围着。我竭力地把心绪转了舵，向快慰之岸去，于是我买了一些酒，一些蔬菜独酌起来了。

在不会吃酒的人，哪里会辨得酒的滥味，酸的也好，苦的也好，甜的也好，只是当他是医治烦闷的仙丹罢了。一口一口吃下去，总把眉儿皱了几皱，才得经过不爽快的喉咙而吞下去。

如我这样熬不起痛苦的，又复如我这样缺乏勇气的，应该早早把他丢了；但是因为像神仙赐下来似的，终是把着杯子，不忍释手，奋着精神继续下去，最后竟喝尽了。脸儿早早变成玫瑰色了，脑海激起狂癫似的潮后；一阵一阵厉害起来。我的行动，确不能如平时的那般自在，看也看不清楚，拿也拿不稳。我全身软化，不知道醉与不醉，只倒在床上睡了。睡着吗？我绝对没有觉得；我所觉得的只是脑的狂颤，膨胀；一切的精神均集注于脑中，增长我不少的记忆力吧。我更把以前的事迹仔仔细细的温诵一遭，又像影戏的重映一遭模样。

烦闷之神们都来临了，把深夜的安睡之神逐去了。

仙丹的功效只不过如此吧，但是我终要三次五次去亲近彼。

上海《民国日报·觉悟》1922 年 8 月 13 日

陋俗与恶习

随笔

我所窥察的人心

华　林

　　我认定人心是残酷的！世界是干枯的！不过我们人类要在这干枯残酷的世界上，创造些适应人生的艺术，来安慰自己。这种有创造天才的艺人，并非纯由自然成就的，必须经了许多的痛苦，受了许多的教训，然后始能觉略人生一点趣味。这种趣味，是血和泪凝成的，其味至苦，其情至深。这种"心境"的开辟，绝非普通人一时所能了解的。实在各人同处一个环境，而各人所感受的心境绝不相同。所谓咫尺天涯。终日见面的老友，要诉心中的幽绪，也是很难会意的。我想定世上绝没有一个人能知道别人完全的心境，如探受痛苦的艺人，饱尝世态炎凉的滋味，启发他哀世的；同情，他呼出来一种失望惨痛的声音。这有许多人说他是"疯狂"，要知疯狂，是一种病态,病态上绝没有高尚的意趣,和深密的情绪,所以我们别要拿"诚实"当做疯狂。学问只能增进我们智识,不能造就我们人格;世人拿一种苛刻残酷的眼光,来批评诚实就是疯狂。社会上富于特性的个人,旁人就把他底"特性"看成"奇癖"。要晓得奇癖是没有条理的,也是一种病态;所以"人格"绝不是在病态上所能养成的。我以为有人格的人,纯在"诚实"上养成伟大的精神。如同季子挂剑,伯牙碎琴,这种深密的情义,只能说他是诚实,不能说他是疯狂。夷齐不食周粟,屈原投身汨罗,只能说他是特性坚强之人,不能说是奇癖。近代欧美物质生活,完全是机械的人生.除了金钱势力外,没有什么情义的。那种狭小的心境。不容纳一点爱人的情趣,随物质迁流,人生苦于奔命,没一点主动创造的毅力和超脱的思想。

于是各人戴了一个着色眼镜,随他的主观来窥察一切,以为爱情就是性欲。友谊就是金钱,世界上最可崇拜的就是势利,学问竞争的就是虚荣。他看见别人有诚实特性的,就起一种轻蔑的苛刻的批评。说他是"疯狂"、"奇癖",是不近人情的。他完全以个人利害关系,将人类中的"诚实",完全打消。所以现在青年,专力竞争虚荣势利,置人格道德于不顾。这种极端的物质主义和功利主义,我们认彼是人道公义之敌的。

世界既然如此,"人心"自然不堪问了! 所以我们人

陋俗与恶习

随笔

类只有创造些适应人生的艺术，来安慰自己，同时也安慰

能以心相见的一切人们。

上海《民国日报·觉悟》1922 年 10 月 23 日

他们尽是可爱的

章洪熙

孤总觉得，我所住的羊市大街，的确污秽而且太寂寞了。我有时到街上闲步，只看见污秽的小孩，牵着几只呆笨的骆驼，在那灰尘满目的街上徐步。来往的车马是零落极了。有时也有几辆陈旧的洋车，拉着五六十岁的衰弱老人，或者是三四十岁的丑陋的妇女，在那灰尘当中撞过。两旁尽站着些狭小的店铺，这些店铺我是从来没有进去买过东西的，门前冷落如坟墓。

"唉，这样凄凉而寂寞的地方！"我长嘘了一口气，回到房里。东城，梦里的东城，只有她是我生命的安慰者：北河沿的月夜，携手闲游；沙滩的公寓里，围炉闲话；大学夹道中的朋友，对坐谈鬼。那里，那里的朋友是学富才高，那里的朋友是年轻貌美，那里的朋友是活泼聪明。冬夜是最恼人的！我有时从梦中醒来，残灯未灭，想到那如梦如烟的东城景象，心中只是凄然，怃然，十分难受！

记得 Richard C. Cabot 在他的 WhatmenLive Dy 一书中，曾说到人生不可缺的四种东西——工作、爱情、信仰与游戏。然而我，我的生命的寸步不离的伴侣，只有那缠绵不断的工作呵，我是一个不相信宗教而且失恋的人。说到游戏那就更可怜了。这样黑暗而寥落的北京城，哪里找得正当游戏的地方？逛新世界吗？逛城南游艺园吗？那样污秽的地方，我要去也又如何忍去！

我真觉得寂寞极了。我只有让那做不完的工作来消磨我的可怜的生命。

说来也惭愧，我在羊市大街住了一年，竟没有在附近找着一个相识而且很好的朋友。我是一个爱美爱智的人，我诅咒而厌恶那丑陋和愚蠢。这羊市大街的左右，多的是污秽的商店和愚蠢的工人和车夫，我应该向谁谈话呢？

然而我觉悟，现在已觉悟了。美和智是可爱的，善却同他们一般的可爱。

为了办平民读书处，我才开始同羊市大街的市民接触了。

第一次进去的，是一个狭小的铜匠铺。当我走进门的时候，里面两个匠人，正站在炉火旁边，做他们未完的工作。他们看见我同他们点头,似乎有些奇怪起来了。"先生,你来买些什么东西?"一个四十几岁的铜匠,从他的瘦黑的脸色中,足以看出他的半生的辛苦,他含笑殷勤地这般对我说。"我不是来买东西的,我是来劝你们读书的。你愿意读书吗?我住在帝王庙。你愿意,我可送你们四本书,四本书。共有一千个字,四个月读完。你愿意读,你晚上有功夫,我们可以派人来教你。"

他听完我的话以后,乐得几乎跳起来了。"那是极好的事!我从小因为没有钱,所以读不起书。唉,现在真是苦极了。记一笔账,写一封信,也要去拜托旁人。先生,我愿意,我的徒弟也愿意,就请你老每晚来教我们吧!只是劳驾得很!"我从袋里拿出四本平民千字课,告诉他晚上再来,便走出铜匠铺了。他送我出门,从他的微笑里,显出诚恳的感激的样子。我此时心中真快乐,这种快乐却异乎寻常。

The happy are made by the question of good things, 比那些损害他人利益自己的快乐高贵得多了。我是从学生社会里刚出来的人,我只觉得那红脸黑发的活泼青年是可爱的,我几乎忘记了那中年社会的贫苦人民;他们也有我们同样的理性,同样的感情,同样的洁白良心,只是没有我们同样的机会,所以造成那样悲惨的境遇。许多空谈改革社会的青年们呵!我们关起门来读一两本马克

137

陋俗与恶习

随笔

思或是克鲁巴特金的书籍,便以为满足了吗? 如果你们要社会变成你们理想的天国,你们应该使多数的兄弟姊妹懂得你们的思想。教育比革命还要紧些。朋友们,我们应该用我们的心血去替代那鲜红的热血! 我此时脑中的思想风起泉涌,我又走进一个棺材铺了。一进门,看见许多的大小棺材,我便想起守方对我说的话:"看见了棺材,心中便觉得害怕起来。"但是,胆小的朋友呵! 我们又谁能够不死呢? Marous Areliug 说得:"死是挂在你的颈上的! 当你还活着的时候,当你还有权力的时候,努力变成一个好人吧!"这是我们应该时时刻刻记着的话。那棺材铺中的一个老头儿,破碎的棉袄,抽着很长的烟袋。他含笑地对我说,"先生,请坐。"我此时也忍不住地笑起来了。我说:"我不是来买棺材的,我是来劝你们读书的。老人家,你有几个伙计,他们都认识字吗?""我没有伙计,只有一个儿子。哈哈! 先生,我今年六十五岁了。你看我还能读书吗?"我的心中真感动极了。我便告诉他平民读书处的办法,随后又送了他两本平民千字课。他说,"很好! 四个月能够读完一千字,我虽然老了,也愿意试试看"。他恭恭敬敬地端出一碗茶给我,我喝完了茶,便走出门了。我本是一个厌恶老年人的,此时很忏悔我从前的谬误。诚恳而且真实的人们是应该受敬礼的,我们应该敬礼那诚实的老人,胜过那浮滑的青年! 我乘兴劝导设立平民读书处，走进干果铺、烧饼铺、刻字铺，在几十分钟之内接谈了十几个商人，他们的态度都那么诚恳，那么动人，那么朴实可爱。

太阳已经没有了，我孤单单地回到帝王庙去。我仿佛看见羊市大街左右的店铺里尽是些可爱的人，心中觉得无限快乐，无限安慰。我忘记了这是一条污秽而寂寞的街市，丑陋和愚蠢是掩不了善的存在和价值的。美和智能给人快乐，也能给人忧愁。只有善才是人生最后的目的，也是最大的快乐！我走进自己的房里，将房门关起来，呆坐在冷清的灯光面前，什么忧愁都消灭了。只有那与人为善的观念，像火一般地燃烧在寂寞的心里。

十二，十七，晚。

《晨报·副刊》1923 年 12 月 23 日

陋俗与恶习

随笔

向 上

杨可大

向上是人类的天性，但因动机不同，努力不同，便生异样的结果：

住在孔庙门前的乞丐张三，他已是好几天不曾讨得饭吃了。那一天眼巴巴的看着那祭孔的把"太牢""少牢"整个的三牲抬进庙里去，他心里想"我若死在这里头，倒不愁没个冷猪头吃，强似活着咧"。但时间一天一天的过去，张三仍旧是乞丐的张三，"冷猪头"倒被那"殁不俎豆其间非丈夫也"的文天祥吃去了！

把住三岔路口的棒客李四，他也是许多日不曾收得买路钱了。有一次眼巴巴的看着巡幸的"禁卫"、"銮舆"一排一排的拥戴着去了，他心里想，"咱何不约上几十百个弟兄，争他一块大好江山去，谁耐烦干这奈何不得的营生"！但时间一天一天的过去，李四仍旧是个棒客的李四。"大好江山"倒被那"彼可取而代也"的项羽争去了！

这并不是唐突英雄，侮蔑贤者，人们如果肯费几分钟的光阴。把这什事慢慢的往脑筋里打一个回旋，不难想出一个道理来。

十一，十一，十六

《晨报·副刊》1922 年 11 月 19 日

陋俗与恶习

随笔

盲 从

乔 治

在社会上最可怜的就是一班瞎子，但是瞎子也不尽是可怜的，最可怜的莫过于有眼睛又做瞎事的人了！

我遇见这一种瞎子，我总是想着扶救他。因为他是瞎子。所以他起初以为我的话是新鲜的，是趣味的，所以他很倾心佩服我；他这种的信仰，不是诚实的信仰，也是一时的盲从。所以他不多时又倦怠起来了，又去做别的事情了，又盲从别的去了。像这一类的有眼睛的盲从少年，无论是在学校里求学，在社会上做事；无论是聪明，是傻子，他决定不能成功一件事的。这是我敢断言的。

这种有眼睛的瞎子，是可怜的，并且还是人生最危险的。在我们同学之中，像这样的瞎子多得很啊！比方他做一件事，你问他为什么要这样去做，恐怕连他自己都不知道,这种盲从不是危险的吗?

我的朋友 H 君,他有一个同学要跟他学文法,他很奇怪这位先生,因为这位先生是姚叔节的徒弟,学问虽不大深,但今天要来和他学语体文法,这不是一件稀罕的事吗?他只好教给他。后来我问 H 君,这位同学为什么不专心一意做他底之乎者也,来学他们素所反对的白话文呢?哪知这位先生居然直接回答我,实在是妙极了。他说:"我不过略顺潮流,不得不稍稍的学一点。"我以后把这话告诉 H 君,后来他们师徒二人也渐渐的反目了。H君那位同学逢人便骂他,说他是"违孔子之道,不孝顺父母",我看他两个都有点盲从。我们无论什么时候,总要抱一定的宗旨去行,盲从是专业的陷阱。这样的盲从脑筋,我实在替他担忧!

《晨报·副刊》1922 年 11 月 23 日

陋俗与恶习

随笔

天生我材必有用①

心　俞

"自然"本身的生命是有意义的，寄居"自然"之下的一切生命，当然也逃不了"自然"的支配，而生活于有意义的基础上面。把自己生命，看着无意义，认为不必努力发展生命的人们，只是违背"自然'的本性。

发展生命，只有站在生命以内的人们配讲；跑出生命以外，谈不到发展，更谈不到努力。

譬如人的眼毛鼻毛，可算最无意义的生命了。然而代眼睛防尘的眼毛先生，也不知救了世间多少未成形的瞎子；替呼吸当心的鼻毛先生，也不知救了世间多少未实现的肺病；他们的生活只是不断的努力，只是不断的承迎

---

① 原文刊发在"杂感"栏内，无标题。本标题为现编者所加。

"自然"的意志。

"天生我材必有用"，这句话本来有点意味，我还要把他改一个字，就是"天生我材必要用"。天生的材料，无论宜于做栋梁，或做地板，都是成用的。别人弃而不用，不过逃不了被人骂一声糊涂匠师；至于自暴自弃，这不但辜负了自己的"材"，还对不起生我的"天"，更还要做"天"面前的罪人呢——譬女口"天"生下了一根造船的材料，本来天意是教他人世渡人的，而他不肯自用，以致船不能成，以致众生不能普度，这不是罪过吗？偏偏那一般参透禅关的佛子，参不透这个浅近的道理！

我承认世界是污秽的；唯其污秽，我的生命更有意义；我从上帝面前带来的洗污涤秽的使命，更重更大；我的生命更要爱护，恐怕毁了我的生命，使那一队奉上帝使命、洗刷人间污秽的洗刷夫中少了个助手。

上海《民国日报·平民》1923 年 1 月 6 日人日

陋俗与恶习

随笔

人 日

鼎 元

　　昨天是农历正月七日，叫做"人日"！日子哪一天不是人过的，为什么只有正月初七那一天称彼"人日"呢？但是我们的确不是过做人的日子，除最少部分外，大家天天都是忍声吞气地过"非人生活"啊！那么正月初七都可以过二天"人的生活"了吗？不是得。有的自己不要过"人的生活"，有的仍然一样的被人压迫着过"非人生活"。嗳！虚伪的"人日"！诸君们！我们处在这样万恶的社会里面，决没有大家过做人的日子的一天了！若要做人，非振起精神和黑暗的环境大奋斗不可。真正的"人日"，必须要我们自己创造出来才行咧。

上海《民国日报·觉悟》1923 年 2 月 23 日

寂　寞

许绍棣

此心漫无归宿时，我任彼宛转于天地的中间；此心懊闷时，我引彼流浪于"幻想"的境内；在天地间宛转，我底心才觉自由，在"幻想"的境内流浪，我底心才能快慰。这是我唯一的安慰心灵的法子——是无法中一个无可奈何的办法。

可是，天地这么伟大，我终久觉得天地太小了。因为有时我底心竟想冲破宇宙，别求一个更宽宏伟大的世界，更庄严自然的世界！就是"幻想之境"，也不能尽量地使我底心快慰；我揣摹心灵所需要的，似乎还超出我幻想所及之境；而且经过一番幻想，有时益发要使我憎恶目前的一切。

能够跳入另一个天地，自然是我目前极愿意的。然

147

而别一个天地是否能满足我底需要？

我在不能不有所怀疑这个问题之前，我不得不忍痛屈辱呀！然而屈辱到底不是我情愿的，我还是去改造现存的天地吧？……"幻想之境"，既然不能真地予我以"快慰"，我不如比"幻想"更进一步去设法罢？

天地间太寂寞了，人生之泉已经干涸了，我们去唤回"天之神"吧！我们去请"爱之神"们来疏浚人生之泉源吧！我们更随着"自然之神"去赶这种伟大的使命吧！然而漫漫长夜，在这样触目荒凉的天地中，教我到何处去找求同志呢？

上海《民国日报·觉悟》1923 年 4 月 26 日

新年的烦恼

鼎　元

多靠新年(?)终日手足没停的我,总算休息了几天。我们青年时代,当光阴自惜。趁此休息的当儿,是最好没有的自修机会了。读书、写字的兴趣,和赌博比较起来,真要好的多哩。

但我是喜欢静寂的。虹桥街的新年锣鼓真多,终日不停地瞎敲,我底耳朵都要震聋了。

到亲戚朋友处去谈谈天吧？小孩的压岁钱,仆役茶包钱,已经给得害怕了。虽然不给也不要紧,他们也决不索讨;但是走了以后,被他们说一声"刮皮"犯不着。不去呢,仍要被他们说长道短。

我们绍兴人,新年寄第一封家信,必要附几元洋钱回家,叫做财神钱。他们见了这次洋钱,比平时的特别欢

陋俗与恶习

随笔

喜,以为第一封信有洋钱,以后必能源源寄去。我是入不敷出的人,年底更加拮据,新年哪里来的钱!信客快要到沪了,若然没有钱寄去,非但他们失望,就是邻舍也要讥笑!唉!新年呀!新年是最烦恼的日子啊!

上海《民国日报·觉悟》1923 年 2 月 23 日

自敬自负与向阻力最小的路上进行

恶　石

人类的心理,有和物质运动相同的一点,就是"向阻力最小的方向而前进"。但是人类尤可贵的,是有一种自敬的本能——自负的感情,自矜其力的喜乐。虽小儿游戏。他也宁愿和困难作战,欢喜自己活动,矜夸自己的能力,很不愿意成人去帮助他。这种本能,若使能发达而不被阻抑,便可为英雄豪杰,可为圣贤,可为崇高的人格。吾人做事,要以自敬自负为主,而运用"向阻力最小的方向而前进"的方法,方可使两者惜好相成。若只倾重后者,虽破坏前者亦不顾,这样取巧的人,即使是幸而成功,人格也已扫地以尽。何况未必一定成功呢?试看中华民国那些违背正义的党徒,都只晓得顺着这个"向阻力最小的方向而前进"的法则,把自敬自负的人格,完全毁了。结果,他们又何曾能够成功呀?

上海《民国日报·党悟》1922 年 7 月 16 日

151

陋俗与恶习

随笔

零碎话

介 如

一

傻子在人群中是决不可少的分子。因为如果世界上都是聪明人,那些傻事谁去干呢?

二

罗素先生说:"提倡社会改良的人,若怕别人注目,怕亲戚朋友说闲话,而因此被他们同化,就永远没有改良的日子。"这一句话,我认为是我国现时从事社会改良者的一付很好的兴奋剂。

三

大门口卧着一头肥大的黄狗，见着门外走过一个衣衫褴褛的过路者，就开口雄纠纠的乱叫；当一个衣服华美的不相识者进去时，它倒不作声了。

四

"放胆文章拼命酒"这句诗的意思是说，做文章的时候要胆子大，要毫不顾忌的发挥个人的思想；喝酒的时候要不怕醉死，要拼出命来尽兴的往嘴里灌。但是我想，这两件事聪明人是决不会做的，因为它们都有危险性的！

五

闲暇时往往喜欢到校门外的补鞋匠那儿去坐着和他闲谈，自家总觉得有说不出的愉快。有一天，于闲谈之中，我好奇的问他："现在是夏天，你在这树底下做活倒是很凉爽的。——但是冬天你在这儿不冷吗？"他听了，摇摇头说："不冷！因为在做活是不冷的。""那是怎么一回事

陋俗与恶习

随笔

呢?"我惊奇的又问:"我们在屋子里生着炉子还冷哩!"

"冷又该怎么样呢? 不是冷也得做吗? 那末不如说'不冷'好听些!"他微笑着说。

我答应着:"唔! 唔!"

六

每当在街上看见那些漂亮的姨太太或小姐时,心里就会起这样可笑的感想:"这样又白又嫩又胖的皮肉,谁个不垂涎呢! 一旦社会秩序不能维持时,唔……唔……"

载《语丝》第 4 卷第 35 期(1928 年 8 月 27 日出版)

嘲京官（一）

止　厂

余素喜阅嘲京官之诗联逸闻，以其多涉清代宦海掌故，而词又颇妙趣。犹忆及清末供职部曹时，每日在衙门无事，即互相谈论当时之趣闻。按满清时，只有吏、户、礼、兵、刑、工六部，位皆清华而枯瘠，中最清苦者，尤为礼部。除各部曹外，则为翰詹科道，外人视之虽甚尊贵，而居之者，亦尝有寂寥之感，当时以四书中之富贵、威武、贫贱三句比六部，义颇相符：谓吏部曰"贵"，以其司升降选补也；户部曰"富"，因集天下之财而管理之也；礼部曰"贫"，因言礼者，皆迂拘之流，部之本身，亦一穷如洗也；兵部曰"武"，以其统率六军而行讨伐也；刑部曰"威"，以其职司刑律，虽王公庶人，处以同科，故太史公有："画地为牢，势不可入，削木为吏，议不可对"之叹也，工部曰"贱"，盖沿旧习，以工商为贱业也。《老学庵笔记》关于六部之谚云：吏户刑三曹富饶，他曹寂寥，时人遂为之语曰：

155

吏勋封考，三婆两嫂；户庋金仓，细酒肥羊，礼祠主膳，啖韭吃面，兵职驾库，咬姜呷醋；刑都扎门，人肉馄饨；工屯虞水，生成恶鬼。此等虽俗语，而讥谰六部，形容尽致。尝与吏部员司数人，会逢一处，或戏语之曰：公等一举手之间，而人之喜怒哀乐随之矣。众愕然问其故？曰：吏部分"文选"、"考功"、"稽勋"、"验封"四科，文选掌迁升授除，故喜；考功掌降革罚俸，故怒；稽勋掌丁忧病故，故哀；验封掌封赠荫袭，故乐。又京师目翰林为骆驼，讥其臃肿而步缓也；比科道为老鸦，言其发声不祥也。京官中以洗马与司业二官之升阶，同一沉滞，因有"一洗万古，大业千秋"之谰对。又清代多以班名官，如翰林院编修，称为"清班"，赞其为清华之选也；以进士而作州县官，称为"老虎班"，谓其资格硬，遇缺即补也。元李材《解醒录》云：国初序班，执政大臣，谓之"擎天班"，五堂清署，谓之"焕璧班"，谏台法司，谓之"剑锷班"，外戚谓之"椒兰班"，亲王谓之"琼枝班"，功臣将帅，谓之"豹首班"，其余朝臣，谓之"随班"。思想新奇，语亦幽默有致。而清末光宣时，亦以班名世，如候补道谓之"尖班"，以其能大能小；学台谓之"卡班"，以其能上能下；副都统谓之"斌班"，以其能文能武；留学生谓之"傀班"，以其能鬼能人，其发明亦敏锐可喜。

载《逸经》第2期（1936年3月20日出版）

嘲京官(二)

止 厂

余前曾记嘲京官数则,兹又忆及前所见闻者数事。

清时有"翰林院学士,无事日有事,有事日无事,詹事府衙门,开印时封印,封印时开印"之对,盖每翰林院直日,讲读学士递无事折,如有应奏事件,则由掌院具折上奏,而学士弗与也。至于东宫官属,因政务清闲,用印日少,故有此对。

数年前,与友人饮于上林春,言及近日员外郎之有别才者,皆戴红顶,名器之滥,莫此为甚。有客笑曰:此中却有分别。余曰:不过一二品相差之一间耳。客曰:非也,乃红色名称之分别。余请其详,客曰:由私函请托而超升者,名"笺红";因行贿赂或纳捐得擢拔者,名"银红";为地方官吏,诬盗杀民,滥邀保奖者,名"血红";精通洋务,以

随笔

陋俗与恶习

办交涉得赏者，名"洋红"；遇皇帝大婚裹办典礼，得例蒙赏赉者，名"喜红"；循序渐进，凭资格经历获位者，名"老红"。余喜其名称之层出不穷，滔滔不已，戏问曰：近有充大帅娈童及以妻拜亲贵为干女，妾与权势荐枕席而得者，当名何红？客停箸半晌，跃然曰：若此者可名之曰"肉红"。

清时，尝以其衙门之性质而为之谚语，如以喜怒哀乐称部吏四司，余已记之矣。京师昔有谚云："翰林院文章，太医院医方，光禄寺茶汤，銮仪卫轿杠。"又云："吏科官，户科饭，兵科纸，工科炭，刑科皂隶，礼科看。"盖各举其特性及职守也。实则翰林院文章，太医院药方等，未必尽佳，亦不过大概如此而已。又京都城内居民，除皇城外，余四城居民之阶级，显划鸿沟，盖东城多富民，南城多娼妓，北城多强盗，西城多商人。故御史巡城谚云："中城珠主锦绣，东城布帛菽粟，南城禽鱼花鸟，西城牛羊柴炭，北城衣冠强盗。"盖各举其所巡之地，华朴喧寂，迥然不同。按民国以后，北京社会及居民，犹与昔无异。当光宣之际，刑部直隶司大门，必欹邪不正，曹司始安。而奉天司门，阅一二月辄施髹漆，于是有"直隶司不直，奉天司无缝"之语。又太和殿墀晶级山，镌正一品至九品，文左武右，合正从计之，为四行，共计为数三十有六，凡遇皇上升殿，科道官立山旁纠仪，谓之"站山子"，即宋人排班石遗制。惟今范金为山形，为差别耳。朝官戏呼站山子科道为"天罡星"，盖举其数以相嘲也。见《郡斋笔乘》。

除京官外，地方官吏，亦有被人讽刺，或拟为谚语者，其对象则多为道员，因自满清末叶，捐例宏开，保案浮滥，而外官捐保以道员为极峰，故候补道号为位极人臣，其萃集南北洋者为尤众。天津有"群道如毛"之语，南京则如《官场现形记》所谓："江南本来有个口号，是婊子多，驴子多，候补道多。"当余听鼓鲁省时，济南虽不如南北洋，然至清末亦呈空前盛况。有候补道崔某，烟癖甚深，人皆称之为"黑道"。按鲁省因候补道多，至司道官厅不能容纳，巡抚乃下令：惟现任司道，及候选道之充要差者，得坐司道官厅，余则别室候见。于是人皆戏呼别室为"黑道官厅"。闻当时甘肃道员仅九人，好事者以天干配之，评论之巧，天然成文。有崔道者，由编修出身，名之曰"甲道"；有向道者，乙榜出身，名之曰"乙道"；有胡道者，年老多病，名之曰"丙道"，以同声假借也，甘凉道某，以生员报捐，识字无多，人遂讥其目不识丁，名之曰"丁道"，巡警道某，得总督长庚信任，名之曰"庚道"；有伊道系蒙古籍，名之曰"辛道"，取伊尹耕于有辛之野，而乐尧舜之道之义，有王道喜命运风鉴之说，名之曰"壬道"，以其擅六壬六甲法也，有黄道年少患咯血，名之曰"癸道"，取妇女天癸之义，则不免谑而虐矣。惟有孙道，独得两字名，因孙以候

159

补道兼总土税局,名之曰"戊己道",盖世俗以戊己屑土,又以戊己名鸦片也。命名妙趣,足供谈助。尚有地支知府,惜已不能记忆。又候补道与革命之关系,亦有足记者。清咸丰间,洪杨倡义起事,太平军人物,尝以赏捐官,混迹宦途,为军事上之大助。苏常之陷,及江忠源之身殉庐州,读黄钧宰《金壶遁墨》、薛福成《庸庵笔记》所载,可见一般。光绪间,革命党徐锡麟即以安徽候补道,刺杀巡抚恩铭,各省大吏,咸有戒心,山东巡抚杨士骧闻之,于接见诸候补道时,戏谓曰:"候补道中,竟亦有若而人乎?"某道起而对曰:"道其所道,非吾所谓道也。"杨大笑,众一蹶然。

载《逸经》第 3 期(1936 年 4 月 5 日出版)

请 安 ①

瞿兑之

清制部曹对堂官止平揖不请安,惟雍乾中偶有之。孙星衍书阿文成公逸事云:"星衍改官比部,偕同岁生马履泰谒公,公止星衍等勿行一足跪礼,曰吾为郎官时无此礼也。先是中台官谒长官皆长揖,因亲王领部乃有膝礼,俗相沿不能改,故公言之。"

李慈铭《越缦堂甲于日记》云:"司官汉员初见曹长于署则长揖,于宫门则垂手立面而已。满员则皆一足跪,闻兵部汉员亦有行此者,然予问兵曹诸君则皆言无有。又予去年到官时,有汉军一人同见曹长,亦见行此礼也。盖嘉庆道光间屡降旨申禁,而无耻小人卑躬献媚,何所不

_____

① 这是作者《读史零拾》系列文章中的一篇。

陋俗与恶习

随笔

至，近闻外台监司渐行之，部中士气日靡，流品日杂，恐将及我曹矣"。盖清制京官及外官道员以上皆不行一足跪礼。惟满人及外官知府以下始行之。按《后汉书·东夷传》，高句骊跪拜曳一足。《松漠纪闻》云，契丹男女拜皆同，其一足跪，一足著地以手动为节，数止于三，彼言捏骨地者，即跪也。满洲袭沿东夷之俗，固无足怪也。满洲又有跪安礼，双足跪地而不叩首，臣僚召见面辞时行之。其一足跪又有单安双安之别，双安行于尊亲。仪文繁缛，晚而益甚。故满人专以应对趋跄为能，坐此败亡云。

又台臣见亲王初犹长跪。《碑传集·徐乾学高层云神道碑》云："康熙二十六年正月二十五日文王后上宾，有诏诸王大臣集议丧礼永康左门外，诸亲王郡王贝勒贝子公等以次环坐，内阁九卿科道同详议毕，阁臣向前白其议，从诸王长跪移时。武定李公年最老，起即踏地。君锐然曰，是非国体。即日抗章弹奏，谓天潢贵裔，大臣礼当致敬，独集议国政，异时无弗列坐，所以重君命尊朝廷，况永康左门乃宫门重地，大行太皇太后在殡，至尊居庐，天威咫尺，非大臣致敬诸王之地。大学士为辅弼大臣，固当自重，诸王亦宜加以礼接，不可骄恣倨慢，坐受其跪，失藩臣体。书奏，举朝皆缩颈，天子用君言，下宗人府吏礼二部议，后凡会议时大臣见诸王不得引身长跪，着为令。"然其后诸王与大臣往来频繁即非会议时，亦渐用敌体礼矣。

又考《东华录》载雍正五年渝吏部云："闻各部堂司官办理公事，满司见满堂则屈一膝应对，而汉司官之对汉堂官则或立或蹲，一任其意。则一堂司，何以满汉之礼互异。即科道满汉礼节亦不相同。况汉司官升迁方为道府，道府之见督抚，卑躬屈节，竟有违例朝服跪道以为恭敬，惟恐以简略获罪者。夫督抚品级既不及部院堂官，而司官品级则又卑于道府。律以为京官则傲慢不恭，而为外吏则谦抑过度。是伊等不知爵位之尊卑而但论权势之轻重也。满汉司官之礼，自应画一，如何酌定，著九卿会议具奏。寻议嗣后朝房办事堂官席地而坐，汉司官应照满司官俱屈一膝应对，于堂官前往来俱行趋走云云。"然则汉司官请安，业经文明规定矣。揆雍正帝之用意，盖深恶士大夫，而必欲屈辱之。且不欲汉人优于满人，不欲外台尊于朝廷。其巩固威权之术，无所不至。然易世而后，已不遵行。清代法令多成具文，有如此者。此亦论世者所不可不知也。

载《逸经》第 12 期(1936 年 8 月 20 日出版)

陋俗与恶习

随笔

谈谈状元

徐凌霄

硕果状元、将军师傅

"状元"是旧科名里最难能可贵的一样东西,那比现在的博士名贵的多多,民国以后虽时代不同,且科场久废,而状元的旧印象,潜势力犹自余音袅袅。即今荒落的故都,尚有一硕果仅存之末科状元刘春霖在。冀察政委会的委员长宋哲元将军特地聘请他做师傅,教授圣经贤传微言大义,聘书是亲自捧送到门。每次进讲用自己的汽车接送,而且遇有公事,不能听讲之时,还要亲向师傅请假。尊师重道,典礼优隆,北平人士谁不注意著谈论著这位"状元师傅",有昔时翁同龢；孙家鼐、陆润庠之风焉。夫状元本为江南之特产名产,而今复古声中,似尚有"津津而道"之价值,因作《谈状元》。

神秘之故

"状元"是"殿试"第一甲第一名,天下事总以"第一"为贵,学生考试,何独不然。像民国四年的大举考试留学生,翁文灏君得了本科(矿科)的第一,又得了各科的总第一,总平均分数九十五分之多,万人称羡,说是历届留学廷试未有之盛,不愧真才实学的洋状元！然而总觉得科举时代的状元别有风味。是"何以故"乎？学生们的第一,是凭著实在的成绩,具体的比较,定出来的。而状元则不一定是那样的"三七念一",人只要中了状元,自然觉得他有广大神通,非常的神秘,而不一定去考究他的学问如何,程度如何。即如武科状元亦是状元,亦是经过御试的"天子门生",亦是十分荣耀的"大魁天下",所以看得平常的原因,一半是重文轻武,一半是考究得太具体了。弓拉多少力？刀重多少斤？箭射几百步？都有实迹可指,没有神秘,可以鼓动一般的神经。

165

随俗与恶习

随笔

五大原则，"命运"当先

科名的五大原则是"一命、二运、三风水、四积阴功、五读书"。又道是"尔无文字休言命，我有儿孙要读书"，又道是"窗下休言命，场中莫论文"。如是命运、阴功、——风水亦可以附入此二项——学问，可以说是三要素，而"命"与"学"尤为要素中之最要者。把这些综核而再紧缩起来，"命运论"怕要占很大的成分。的确，科场若专凭文字，实无把握，有文字而不得科名的失败者谁不"彷徨"地"呐喊"著"岂真登第皆名士？未必专房尽美人！"而曰"非战之罪也，命也！"所以不完全同于彩票（或奖券）者，彩票只有"命运"问题，"风水"、"阴功"或者有之，却绝对与"读书"无干，而科场则"文墨"之事究竟不能让"命运"来专权耳。

曹鸿勋、张謇、王寿彭

由童生秀才科考岁考，而乡试、会试、直到殿试。全国各省上百万人过了多少次箩，才有二百或三百名进士，这进士里有个"状元"。其机会与航空头彩真不相上下。殿试名叫对策，其实是以书法为凭，似乎写得好的，便有望了。而亦不尽然，因为：

第一，自己能写好字偏偏这一科的"书法大家"太多，强中更有强中手，写的好亦是枉然。例如丙子科——（清光绪二年）——浙江冯修盦先生（名文蔚）写的美女簪花谁都佩服，他自己亦"不作第二人想"了。谁知山东人曹鸿勋，山西人王赓荣写的坚切庄严，以殿试策工夫（亦名大卷子工夫，在书法中另一格）而论，确乎比冯有力。结果曹的状元，王的榜眼，冯先生只抢了个第三名（探花）。他自己说运气不好，偏与吃馒头吃面的大汉同考！假使没有这两个"北方之强"，状元不就是冯先生了么？换个来说：若与写字平常的人考在一块，则纵非十分出众，亦能得状元，甲午科的张謇的字比冯文蔚先生差的多。却喜与张联名的尹铭绶（榜眼）、郑沅（探花）都不能胜张，于是张四先生便"状元"了——（还有别的原因，另详）。即如现在仅存的惟一状元刘先生，他的书法比历科状元实在平常，而在末科各卷，则较优，他亦"状元"了。亦无非"有命存焉"。

第二，以特别机会而忽然得之的，不但不在乎文章，且不在乎书法。例如癸卯科有会试有乡试。因为那年是西太后的六十九岁，明年甲辰是七十整寿，所以各大臣都注意"吉祥之兆"。"王寿彭"三个大字，译作通俗一点就是"万岁万岁万万岁！"的呼声。于是他就做了"金殿传

167

胪"第一声了。而头两批放的云贵两广八位主考，其大名为李哲"明"，刘彭"年"，张星"吉"，吴"庆"坻，达"寿"，"景"方昶，钱"能"训，骆"成"骧，合起来是"明年吉庆，寿景能成"。这几个人当初起名字之时，未必想到赶上"老佛爷"的万寿。走上这步红运岂是才学能力所能为哉？"命运"到了，泰山都挡不住，又何论乎"城墙"！

第三，以特别因缘而得之的。例如甲午状元张謇，他本是乙酉科顺天榜的南元（乙酉是潘祖荫的正主考，翁同龢的副主考），翁潘两人得意门生，又是江南名士，所以到了甲午殿试的时候（潘老先生已经去世），翁老先生非中他的状元不可。但钦派的读卷大臣以大学士张之万居首，其次为协揆旗人麟书，其次为李鸿藻，而翁之名次在第四五。而三人又皆翁之前辈。张之万他说：我是第二，我看中的卷子亦是第二，状元我不争，榜眼我不让。李鸿藻极力赞赏沈卫那一本，亦想定为状元——沈后放陕西学政，于右任的老师——如是情形之下，张謇不但无望于状元，连榜眼探花都没有分了。而翁老先生则拼命相争，非把状元给张四不可。张之万愤愤不平，几致失和，相持不下。幸亏李鸿藻出而发言，情愿把自己所拟的状元放弃（即沈卫），并劝张老前辈不必坚持。张之万孤掌难鸣，才勉强许可，而难产的南通状元安然降生矣；原来张謇会试中式，是李鸿藻的正总裁，翁之门生亦李之门生。在殿试之前,已与李门多多接近,翁亦预为联络宣传,造成联合对待张之万之局。(沈卫则系庚寅科会试中式,孙毓汶的门生,与翁李均无渊源。甲午补殿试,后来亦入翰林)。至于张謇之卷何以齐巧分到老翁之手,据王伯恭的《蜷庐随笔》说:是收卷官黄思永的关照。黄是南京人,庚辰状元,翰林院修撰,甲午殿试派充收卷官。他亦是翁之门生,认得张謇的笔迹,便把卷子送到翁处,听说亦是老翁预先嘱托他留意的。由此看来,张四卷子若不先入黄手,就不到翁手,到了翁手若没有李鸿藻帮忙,亦是一场虚话,那千钧一发之际若非种种机缘凑合,哪怕你南通一杰,江南名士,亦只好望"元"兴叹而已。所以后来通州的乡亲们庆祝本地出了"文曲星",把水月阁魁星楼改作"果然亭",以为"文章有价"、"名下无虚",并且题了一副对联:

> 画槛欲凌云,风月无边归小阁;

> 锦标今夺得,文章有价属崇川。

真乃不胜荣幸之至。哪知张四先生在民国六年重修此亭又把"果然亭"改作"适然亭",把对联改作:

> 世间科第与凤汉;

> 槛外云山是故人。

又题了一段跋语说:"余以清甲午成进士,州牧邦人撷唐圣肇诗语为果然亭,世间万事得其适然耳。丁巳余

169

陋俗与恶习

随笔

修此亭不敢承前意也,适然之事,以适然视之。适得涪翁书,遂以易榜。"这一席话,有人以为旷达,有人以为谦虚,其实皆非也。张季直自己的事自己知道,他的状元,是"适逢其会",总而言之,有"命运"存焉!

"状元命"成为流行的专名词

科名有"命",状元更有"命"中之"命"。说到这里有个笑话:近年来,平津一带不是常有结队的飞机光降吗?人人恐怖著炸弹临头,就有人加以冷嘲说:居民二百万人之多,即使偶然下弹,亦轮不著你,除非你有那"状元命"。而航空公路奖券之头二三彩,有比作"状元榜眼探花"者,亦不为无见,以代数学之 Chance 演之,固是一理也。

文曲星

因为"命运"之神,特别的十分的努力帮助状元之成功,真像"天授非人力也"一般,于是状元又成了神话家的对象了。因为他的命大,所以能得状元,戏剧和小说里都说状元是"文曲星"转世,所以从下地到大魁常常经过许多磨折,战胜非常的灾难,《佛门点元》、《琼林宴》等戏都是写状元的魔鬼重重。正像唐三藏"九九数完魔劫尽",才修成丈六金身,"大难不死,才有后福",人们都有此迷信。并且命大的人，还能够庇护他人之命。神怪体的笔记小说里常有状元能御雷击能退丧门神的异事。浙江名士严桐的《墨花吟馆怀徐颂阁（郁）》诗云："金瓯唾手何须问，忆否沧浪蹈海时"。就是说他二人曾于清同治二年乘轮船回南，快要到上海了，夜间忽轮机被火烧红，一炸则全船齑粉，幸被洋人用水龙救息，得以脱险，同船的人都说靠徐状元的洪福，后来还要做宰相哩！按徐系江苏嘉定人，壬戌状元，到光绪二十五年己亥他果然做了协办大学士，也算被他们预言说中了。无怪乎金山寺一剧，白娘子怀孕在身，状元许士林尚未出娘胎，已有魁星保护，佛门的法宝竟无如之何也。可发一笑也已。

阴功、世德

旧时社会常是以果报奖励作善的，"奖品"种类不一，如长寿，如多子，如高官，如巨富等，科名当然是重要的礼物了。说到"阴功"又与平常的道德行为不同。《儿女英雄传》安公子中举之后，他的座师娄主政问他平日做过什么大阴德事？他说无有阴德，便是有，既曰"阴"德，自己又怎的会知晓？此可与《聊斋志异》中"有心为善，虽善不赏"之语相参证，总须自然的行善，没有作用不是邀福的行善才算真善，故曰阴功，曰阴德，曰阴骘。"阴"之为义大矣哉！状元者科名之极，大德之归也。不但要自身有

171

阴德而且要先世的世德,《坐花志果》那小说上说吴门潘氏的世德,即道光朝著名的状元宰相潘世恩老先生,他的祖上做过多少好事,成了道地的"积善之家",才得到那样的厚报。又道光丁未科的状元张之万(后来亦做到宰相军机),据李慈铭《越缦堂笔记》上说:"与香涛学使谈祸福报应事,备知其家世循吏,其远祖淮,明正德中官河南道御史,率同列争马昂妹事载《武宗实录》。又今漕帅子青侍郎之父工部君监修西陵时以开渠须坏人家墓,力争于诸大臣始得改道,此其食报之由也。"可见深识时务的张文襄,亦确信他哥哥的状元,和他自己探花,是由明朝就积德下来的。又癸未状元陈冕,其父曾为山东知县,当阎文介为鲁抚时有黄崖误剿一案,杀戮甚众,陈父充军营委员设法保全许多性命,阴功浩大,于是有了状元儿子。此外凡是状元,总有些好祖宗代他积德,常在小说或群众口头上,称道不衰。而状元之神秘性,益森严矣。

风水、苏州

"风水"这样东西是关乎"地"的,与"命运"之定于"天"者,也算相辅而行,也算无独有偶,总而言之,神秘而已矣,迷信而已矣。有私人之风水,有地方之风水,私人风水,如坟地之向背,房宅之阴阳,都算有关系的。地方的风水，地形及公共建筑物（如鼓楼佛塔之类）之外，人的方面，就合乎"毓秀钟灵"的意思，一个地方若出了状元，那就全县增光，非同小可了。

谁都知道，全国各省状元以江苏为最多，而江苏又以苏州为极盛。陈康祺的《郎潜纪闻》上"本朝状元总数及常熟科名之盛"一段内云："自顺治三年迄同治十三年凡九十三人，江南一省得四十五人，常熟一县得六人。"据我所调查，江苏一省自顺治丁亥科武进人吕宫首得状元，以至同治末年甲戌科之陆润庠，共得四十八人（安徽还不在内）。若连光绪朝庚辰之黄思永，甲午之张謇算入，则为五十人。常熟有六个，虽不为少，苏州城——长、元、吴——则有十七人，还是苏城收获为最丰。陈先生原文似乎侧重常熟翁氏，文中自翁文端（心存）以至翁同龢、翁曾源极口赞叹。因翁氏而及常熟之他姓，故未暇计及苏州，然常熟固是苏州之一县，若并而计之，再加上昆山之徐陶章等则苏属状元有二十余人，又占江南之半，漪欤盛哉！

非风水之穷也，乃政治作用

但事有奇怪，苏州状元，到同治末年而止。甲戌陆润庠以后，就没有了。光绪一朝十三科之多，江苏人之得元

173

者只庚辰黄思永江宁人,甲午张謇通州人,也都不是苏州。而贵州出了两个(丙戌赵以炯,戊戌夏同龢),广西出了两个(己丑张建勋,壬辰刘福姚),福建出了两个(丁丑王仁堪,庚寅吴鲁),四川出了一个(乙未骆成骧),边省热闹起来,而江苏却落了伍,于是有人说苏州的风水被陆润庠占尽了,江苏的文运被张謇走完了。岂知此中另有些政治作用哉?蜀人高树(己丑进士,以部曹为军机章京记名御史后放奉天锦州府知府,颇娴掌故)著《金銮琐记》云:"清末鼎甲渐及边省,盖以笼络天下士人。"所言当非无见。的确,科名本是君主绝妙之工具,所谓"天下英雄入我彀中"。状元是科名之极诣,自然魔力更大。不但才士文人受其颠倒,而且深入一般的社会。即如戏剧里的"状元印"说蒙元藉考选状元为名,要把抢得状元的人用药酒毒死;又如"黄巢造反"因已得状元又被贬去愤而为乱。这些虽出于稗官野语,却正是群众心理的反映,可以看出"状元"的印象之深刻而普遍,与"真龙天子"一般。

状元的幸福

状元的特权:(一)是殿试定榜即与榜眼、探花提前授职,不须等到散馆外,在三鼎甲之中,榜眼探花都授职编修,状元独授职六品修撰。(二)授职以后即可掌文衡。

如咸丰丙辰状元翁同龢，同治戊辰状元洪钧，光绪庚寅状元吴鲁，壬辰状元刘福姚，皆未经散馆即或放主考，或放学政。榜眼探花虽同有优先之考差权利，然总不若"龙头"之吃香。又《郎潜纪闻》云："国朝承前明旧例，顺天乡试正考官多以前一科一甲一名充之。康熙壬子科以庚戌状元蔡启傅主考，乙卯则以癸丑状元之韩菼主考，丁巳则以丙辰状元彭定求主考，辛酉以己未状元归允肃主考，一时奔走声气者遂先期辐凑于其门，场屋中多倖进者，自归宫詹自誓，关节不通，榜发下第者哗然，冀兴大狱，自后北闱试事，不复令新殿撰持衡"。可知状元在明代及清初之权利远在榜探之上。（三）清代为帝择师，原无必须状元之例，至于同治之师李鸿藻亦非状元，后添派弘德殿行走，师傅多人，有翁同龢在内，及光绪即位遂又为帝师首席。而孙家鼐亦以状元授读毓庆宫。至宣统则陆润庠又是状元也。选师于状元，在清末几成惯例矣。惜乎科举之运已终，满清之柞亦绝。不然后起之状元师傅尚可源源而来也。（四）新翰林可以写"对子"送人，易取墨敬，然鼎甲较为吃香，状元更无投不利。王寿彭得状元之后，返籍一行，饱载而归，予亲见之。（又按康熙以后，状元为次科主试之例虽停？而乾隆戊戌会试两总裁四同考皆以状元充之，可知状元潜势之优，亦见《郎潜纪闻》）。

陋俗与恶习

随笔

倒运的状元

中了"状元"之后,可称洪福齐天矣。但是以后的命运还要看有无特别恶魔作祟,因为"一步登天"之后,从云端里翻跌下来,不能复振,亦是有的。(一)嘉庆甲戌状元龙汝言受特达之知,宠眷优渥,乃以校对《高宗实录》不慎,革职永不叙用。(二)道光丙戌状元朱昌颐因某科场前私评举子之文,致生是非,严议降谪,蹭蹬终身。(三)道光庚戌状元陆增祥因散馆考试用"霓"字作仄声,皇帝说他不对,看在"状元"面子,勉强留馆而终身不掌文衡。(四)同治癸亥状元翁曾源及第不久,即患神经病,潦倒以终。(五)光绪甲午状元张謇及第之次年即因好谈朝政,军机处奉光绪手谕:"文廷式、周锡恩、张謇、费念慈等均著永停差使",于是仓皇离京,而"状元"遂与翰林院长别矣。

载《逸经》第 4 期(1936 年 4 月 20 日出版)

寡人有疾

味　橄^①

我到北平没有几天，就遇到一桩稀奇事，与其说是稀奇事，不如说是一次大革命，因为几个武装警察把一位真命天子从宝座上用强力拖下来，押送到医院里去了。这桩事情哄动全城，当时几乎没有一个人不晓得。人们相见，不交谈则已，一交谈便没有不谈到这位真命天子的。

我因为初到北平，每天从清晨到夜半都荒耽在游乐中，日里徜徉于庭园山水之间，夜里留连于酒楼戏院之内，对于时事漠不关心，甚至日报都不看，我也不想看，生怕看到什么不好的消息，要破坏我的游兴似的。我要把

---

① 即钱歌川。

177

随笔

陋俗与恶习

我的精神与身体的全部在这个时候统统交给清闲,不使它有一点挂碍,这样才可以玩的痛快。所以我这次游平,虽只有半个月工夫,但几乎什么地方都逛到了,比五年前游日本时还要觉得畅快。那次每到一个古都名邑都是多则三五天,少则一天半日,而且同游的人很多,你要留,他要走,拖泥带水,十分不便,这回游平却只有两个人;而且那位伴游者完全是立在向导的地位,或留或去,都是以我为主体的,遇着合意的地方便留连忘返,如果到了厌恶的所在,甚至足不停步的快快走过了。

我这样只管游览,只管吃喝,除此以外什么都不闻不问,然而北平出了真命天子的这件新闻,仍然自动地钻进了我的耳朵里来,它有一种魔力使人不能不听,而且不能不追究一个底蕴出来。

当我把一切名胜地方都逛完了,我便开始去访问几个久住在北平的朋友。首先去看协和医院的林大夫,他是一个研究神经病的医师。我到他房里只看见一瓶瓶的人脑,大致都差不多,并没有什么相异之点,而他们便要在这些相同的物质上研究出那异状的精神来。

我和林大夫寒暄了几句之后,免不了又要问到那真命天子的事。这回却喜出望外地他给了我一个满意的回答。原来那位天子现在正受着他的诊察。

"那神经病我现在完全调查出他的底蕴来了,这一来比较有了头绪,诊治也不难了。你想去看看他吗?我等歇就要到那边去的。"他说。

"你如果去,我也一块儿去看看。"我很高兴找得了一个观见的机会。

如是我们一同走出协和医院向那精神病院去。沿途林大夫给我讲了那天子的历史,他说:

"他原来家里也很有钱,鼎革以后,连年兵燹,把他的财产都弄完了。他父亲祖父都做过前清的很大的官,他从小就享惯了福,现在虽然不做事,也还有一碗安闲饭吃,但生活大不如前的舒服,这是可想而知的。他为此便痛恨革命,逢人便说革命之害,好好一个中国被他们那些革命党弄得这样,这真不是世界。一说到从前的盛世,他便要改变一副面孔,满脸堆着笑,尤其是说到他自己家里的权贵时代,简直使他乐不可支。他会告诉你他家里有多少佣人,文房中有多少古玩,花园多么大,其中有假山,有楼台,有亭阁,每天来往不绝的客人,许多贵重的礼物都是他们送的。你如果不遮断他的回想,他可以像痴人说梦似地一直说得好几个钟头,使你听得厌倦,但只消你轻轻说一声:'唉,可惜现在都没有了!'他的面孔便马上会沉下来,所有的欢笑都敛了迹,他仿佛大梦初醒,不胜今昔之感似地,半晌说不出话来,这时你总得找几句话去安慰他,他听了并不能就此收场,还得改变方向痛骂一顿

陋俗与恶习

随笔

革命,然后归结到一个希望上:'要何时才有真命天子出来哟?'只有这个希望才可以安慰他现在的苦境,恢复他失去的安乐。他口口声声都以国家为前提,仿佛国家恢复了治安,他也就可以恢复前日的生活似的。他的富贵仿佛是世袭的,只要有真命天子出来的话。

"他所期望的真命天子一直没有出现,而'九一八'之变,强邻却把××架去,恢复了他的皇位,这个对于一般中国人都感着愤恨,独这个神经病者却为之雀跃,他以为××之能复位,实表示天心厌乱,可惜他现在只有一个偏安之局,所以中国内地还是盗贼如毛,百姓不能安居乐业,尤其是他,还不能恢复昔日之盛。他以为这一切都是因为少了一个真命天子所致,如果有一个天子坐镇在中国,那天下就太平了。他想到这里,觉得义不容辞,只好自己出关去请××回銮。他便拟好了一个奏折亲身送到关外去了。

"他跪在宫门前,两手捧着奏折,口中高唱着'恭迎圣驾回銮。'他这样喊不到两声,就被一个警卫的宪兵给他一脚踢倒了。那兵不大懂得中国话,以为他是一个本城来喊冤的,所以不让他躺在路上。如果不是被本地的一个卫兵发现,问明来历,给他开释的话,也许他早已被视为游民而投入牢狱,不得回家乡了。那本地的卫兵对他说,他的来意很好,只是现在五族已经分了家,他们的圣上自顾不暇,那里还管得了中国呢?他一再恳求要圣上垂念旧日的臣民,允其所请,早日回銮。那卫兵虽然心下想,'我们又何尝不想入关呢?只是……'可是他口里却说;'我们的圣上是不想再到中国去的了。你们的事还得你们自己去管理,如果你说一定要个天子的话,那在你们的伟人中谁不可以做天子呢?我看中国现在有的是天子,不过没有坐在北京的宝座上罢了''是呀,就是宝座没有人坐,所以闹得内忧外患,天下安,万恳圣上早日回京,坐镇江山。''那末,你自己去坐好了。我看你的相貌不凡,还得顺天行呀!'谁知这个卫兵给他开的这一句玩笑,竟触动了他的灵犀,他马上转身回平,一路特别珍重,因为从这时起,他的身体已经不是属于他个人的了。一到北平,他就直朝殿去,进门几步跨到正殿,就直登宝座坐在那儿不动。游人看了这种情形,都围了拢来,互相议论,而他这时对于周围的人们却熟视无睹,他们讲的话,他一句也不听见,他只听到满城的欢声,他知道这是庆祝他登基的。同时他觉得满朝的臣子都向他称贺,把他包围得水泄不通,最后又有几个荷枪的侍卫走到他跟前来请他出去,他受着他们的护卫走出到殿前,已经受着全城民众的欢迎了……"

林大夫说到这里,我们已经到了精神病院的大门内了。我还追着他问:"那以后呢?"

陋俗与恶习

随笔

"那以后他就进了医院,"林大夫发出一声轻笑,接着说,"一直在这里又做了十来天的天子了。"

我们走到那病房里,只见他很严肃地坐着不动,看见我们进去,歇了半晌才慢吞吞地说:

"御医有什么要奏的,尽管奏来,赶快将朕的病治好。"以便早日回宫。"

他虽以天子自居,无奈我们周围的人都知道他不是天子,所以在他身上看不出一点天子的尊严来。

载《逸经》第 11 期(1936 年 8 月 5 日出版)

第二次的出狱

许钦文

为着保存元庆遗作，我造纪念室——现在已经变成愁债室。"一·二八"沪战发生，刘梦莹姑娘从火线江湾逃来避难。因受战事影响，刘文如女士要回四川，陶思瑾姑娘由绍兴赶来送行，西湖艺专延不开学，也就寄寓。"冤家路狭"，演成杀人惨案。我以屋主责任，羁押一月又七日；得到不起诉书，始恢复"自由"，已觉焦头烂额，以为"祸从天降"。不料湘人"公愤"，"主席转函"，于是被诉"妨害家庭"，牵累年余。"三角架'刚解除，旧事重提，老案新办，又戴上"红帽子"，寄押军人监狱，罪未定而刑先受，实行吃黄饭，困地板，接连十个多月，直到廿三年七月十日午时三刻，才得二次出狱。当时情形，印象颇深；如今回想，仿佛如昨。

183

对照起来，只是内心方面，第二次的出狱，就比首次的复杂得多。前一回的羁押，始终停止接见，冷清清的独关一个小桄子，什么都是莫名其妙的；临末来提，仍叫"开庭"！虽然有人从旁说是"到门了，到门了！"却不明白究竟。等到知道已可交保，早就出了铁门。在法院里候办铺保手续，也不过两个钟头。好像只是做了场梦，于忽然间飞快的过去了。

第二次可缓慢得很，实行出狱的前一天是星期日，照例留在桄子里。半上昼，我跟着同在工场当工犯的难友到监视厅旁去洗衣服，从新近发掘出来的池中汲了桶水，给桄子里送了几盆，借此为由，无非要在那里观察一下，因我以前还不曾到过。

池边的小天井里，靠墙延着不少藤蔓，结着许多瓜果，都是监视厅工犯的作品。气候炎热，这里却阴凉，"别有一天地"。我徘徊着，一位硬黄脸的难友踱来招呼。他是由教师出身的政治犯，在难友中颇有资望，工犯间也占相当地位：办事仔细周到，也还可谈。我告诉了他我在进行保释，就探问他的意见。他听了，好像觉得出于意料，静悄悄的凝思了好些时候，才皱着眉头认真的回答我："恐怕不会成功，虽然你是——因为从来没有这种办法。这牢监，进来容易，出去是难的；以前有个嘉兴人，结果是宣告无罪释放的，可是上诉了三年才清楚，也就足足的坐了三年!"

"总要案子了了才肯放。"过了一下他又说:"宣告了无罪还得等过上诉期,要是检察官上诉,仍然出不去。也有过这样的事情呢:宣告无罪,最高法院又把检察官的上诉驳回了,还是不释放,把案卷移到军法会审处去判罪,那里是不得上诉的。现在军法会审虽然已经取消,可是,案子没有了结,先保出去的,这里我还不曾听到过。"

但我实在早知道,法院已经批准了我的声〔申〕请,两天以前我就接到法院方面非正式的通知书,不过要缴纳一千元的保证金,现洋或者书面担保。而且我已关照了四弟,他们夫妇也已当天来特别接见过,问题好像只在保证金了,他们说是马上去极力进行的。只是"无妻""成累"以来,一案未了,一案又起,我总觉得凡事不能从好的方面着想,以为难免发生波折,再来意外的祸水。也因这种事情一经声张,就得引起一般难友的许多感想;往常我最怕在接见以后,静止的心境突然波动,很不容易抑制,以为事未完全确定,不应该因此去扰乱别人的心,所以只同在工场里已经托熟的两位看守和一位难友暗暗说了下。

"那个嘉兴人,"听了他的话我这样想,"大概当初事实真的没有清楚;我的案情却是明明白白的,当然不能相提并论。"

随俗与恶习

随笔

可是我不把这些意思说出口。

我从池边走向监视厅,在经过中五桄的窗口时,有位黄埔出身曾经留俄的难友招呼我。当我关到南监时,他是首先劝我安心的。虽然无非是寒暄,他向我表示得很诚恳,我非常感动;要是硬黄脸难友的话不悲观,我一定就在窗前明说了我已可以交保的事情。

回进桄子,吃了早餐的黄饭过得不多时候,忽然硬黄脸的难友快步跑来,布嘴在桄门上的洞口,大声向我说:"老许!老许!你已可以保了!"

"你怎么知道的?"我问。

"已经有通知书来了!"

"在哪里?"

"监视厅上,他们都在看呢!"

同桄子的难友马上聚集在桄门边,争先恐后的探问详细的情形:连隔桄的难友也提高着嗓子来打听。他们替我高兴,为我欢呼,好像等不得拿通知书来亲自看。我却若无其事,反正载在那纸片上面的字句,我已经能够暗诵。看着难友们紧张的神情,我不禁感到一阵抱歉,为着以前不曾明白告诉他们。但这抱歉的感觉,历时并不久长:我的不早明说,无非由于悲观,因为种种事实都使得我不乐观。

议论纷纷的起来,都以我这事情为中心。我顾自站在窗口，从铁竿的缝里远眺，遥见前面高墙头外沿钱塘路种着的一带树木，碧油油的枝叶随风摆拂，飘飘宕宕，我心不由的动摇；以前往上海，总觉得停在新龙华时最气闷，回杭州是经过笕桥以后不耐烦，这时有了同样的感觉。但同时我也有点恋恋之念，计从大监调南监，由中二椠升迁东五椠，再升东一椠，如今冬天照得到太阳，夏间有风透进来，到工场里还可以在屋檐下散步，只从这几点上想，不无"只是近黄昏"之感。可以认为没有遗恨的是趁在工场值日的机会，我已参观了大厨房的老虎灶，也已看到了枪毙政治犯的刑场的"大菜园"。然而我终于感到恐慌而悲哀，抛弃牢狱中的地位本不足惜，所为难的是没有了现成的黄饭可吃，我又得负起生活的重担来。而且债台高筑，我的"铁饭碗"早就粉碎，多年辛苦经营的结果，已被"无冤的仇人"破坏殆尽了。前途茫茫，不知如何是好。

次日星期一，法院监狱都已办公。九时许四弟妇来接见，说是保的手续已经有了头绪，不过弄得非常困难。"红帽子"本是离亲散友的，也不能全怪世态的炎凉。就由她带归零碎物件，还有两个罐头食物，经检查者的注视，我才觉得带走的多事。原来整理这些东西时，我是仍然怀着囚徒心理的，所以区区食物，也珍视而宝藏。既已提交检查，也就不去拿出，而且其中一罐炼乳，原是故意

187

节省下来的。

我临时从难友借得本书,照常阅读。吃了认为最后一餐的黄饭,过了许多时候还是不见动静,好些难友都替我着急。要好的看守为我打电话到法院里去探问,说是手续未曾完备,恐怕当天已经弄不成功,因为法院,在暑期下午是不办公的。我想延长这种时间虽然无聊,只要能够好好体味,并非没有意思,反正着急也无用,依旧看书,藉以镇定。

"到了,到了! 可以走了!"仍然是要好的看守,脚还没有跨进门,就先这样说来。

我半信半疑,坐着不动。直到看守擎着提签给我看,这才站将起来准备走。

先同在工场里的难友告别:他们表示羡慕我,我觉得冤枉,他们只见我的突然出狱,以为是分外可喜的,不知道我的入狱,根本莫名其妙。突然一声羁押,当即身入图圄,原是分外倒了楣的,我自己明白。

跟着看守到监房里去拿被铺,经过大监的院子时,顺眼望见了宝石塔的顶尖,我就放胆任凭心弦活跃着想:"哦! 那是我的房屋所在的标记,我是就得回去的了!"

我本决意把面盆热水瓶等用品都留给同枕子的难友,可是他们早为我把这些东西打成一包,一定要我拿着走。

难友们的视线齐集在我的身上，握手，点头，来不及回说"外面见"！我的情感从来没有这样忙碌过。

背着被包跨出铁门槛，我于慌忙中突然想着："不浪舟靠码头了！"

四弟和四官早在铁门外面等候，接去衣包，投我微笑，我于感激中觉得安慰。

四弟妇在寓所的门前迎接，还有新从岭南毕业回来的朋友。院子里草色青春，槐枝接连飘舞，似乎也在兴奋。虽然债务累累，名义上我还是愁债室的主人，于辛酸中感到些微喜欢。

"五虎将"争先呼我"二爹"！三弟站在图画室的门口，两腿瘦得如丝瓜，病脸上勉强现着苦笑。

"哥哥！"

他刚这样叫了我，四弟已拖得衣包进门来，"三鼎甲"又在一起了，总算骨肉已重聚。但我只觉得悲哀，度过这次的患难，我们已经没有了父亲！追记于海隅

陋俗与恶习

随笔

西 归

味 橄①

人生是一个梦，这梦如何开始的，自己并不明白，到了中途才有意无意地去助长它，使它发展成为一个黄金的梦或是一个恐怖的梦。这时，梦的过程，自己虽然能意识得到，但决不能驾驭它，使它照自己的意志发展，所以这梦纵是我们自己在做，但将做到一个怎样的收场，我们也和它开始的一样，自己并不明白。明白的只有别人，尤其是他的父母妻儿。

我父亲做了一世的黄粱好梦，他自己决没有料到就是这样糊里糊涂的收场。固然，天下无不散的筵席，我们为人子者也知道总有这么一天要来，不过一下子失掉了

---

① 即钱歌川。

一个有生以来依靠着的人，无论我们怎样有理智，也要感觉到一种空虚和死别之恸的。想到人生一世，来无影，去无踪，使我格外觉得人生是一个梦。

我父亲的梦是怎样开始的，只有我祖母明白，其中途的发展，就要问我母亲。我所知道的，就只有收场，尤其是当他大梦已觉，神归安养之后所留下的残梦，我知道得最清楚。

可是这儿并不打算把我父亲留下的残梦写出来，至多我只想记下一点所谓"后事"，纪念我父亲的最后而已。

我父亲的死去虽是在民国二十五年一月十九日，然我父亲的好梦，实在只做到二十年九月二十三日为止。一个人到了垂老之年，所有的梦早成了春天的曙梦，时时都有惊破的危险。我父亲就在九月二十三那天，为着脑充血，几乎把他一场好梦惊破。后来迷迷糊糊继续了四年多，终以左肢偏枯，行走不能自由，早已没有什么人生之乐可言了。

当时我得了父亲中风的电报，正预备星夜赶回家去，随后家中知道我不容易离开职务，见父亲已有了转机，就叫我不要回去，只让当医生的大哥由北平赶回诊视。我直到二十二年春才回家，一面为八十岁的祖母祝嘏，一面去省视父亲的病。我一到家，父亲一见就号啕大哭起来，病中见了亲人心里自然有一种说不出的感触，这正表示

191

随笔

陋俗与恶习

我父亲的病好多了，因为中风的当时，脑神经完全失了知觉，糊糊涂涂就如白痴一般，静养了两年以后，左肢已能动弹，意识也完全恢复了。我们都很高兴，预料可以一天天地好起来，使我们有终养期颐之乐。谁知竟中道误于一庸医之手，而使我们终成了无父之人。

中风的病是因为身体太胖，东西吃得太多而来的，调养的方法，只在静养，决不宜动和吃补药。我祖母和父亲因为急于想病好，所以误信了一个仅仅自己看过几本中国医书而玩忽人命的人的话，每天起来勉强绕着长桌子兜几个圈子，又吃些中国补药，终至不治。

文房书物为我父亲生平最爱重，所以病中常嘱咐家人不可乱动，将来病好后要用，临危时也就默然无一语，可见我父亲自己决没有预先料到他会死的。然而我父亲终于死了！因为患病不过两天就溘然长逝，所以我们在接到电报以前，一点消息都不知道。等到我们知道，已经无法与我父亲见最后之一面。我和大哥在年底奔丧回家，在舟中度岁，刚刚遇到大雪，眼望着两岸的白山夹着流水，使我们格外感到心惊，仿佛看到一排排穿孝的人，哭得泪流成河，这条泪河从我们家里流出来，而我们现在却正溯河而上奔丧回家去，未来的情景，一幕一幕地在眼前展开，使这一星期的旅途中的日夜，构成了一个又长又怕的恶梦。

在一个幽暗的黄昏,我们终于到家了。一踏进那阴森森的古屋,一片白的灵堂格外照眼。就在白的帐幕后面,我父亲安然地躺在那里,只是父亲的声音,我已经再不能听见,父亲的容貌也再不能看见了。不由得不使我回想到三年前我见到的父亲的病容,和当时对游子归来而挥的热泪。那容貌最初极小地从我脑中放映出来,愈现愈大,而成为一个充塞天地的伟像。随后又渐渐小起来,而化成一团漆黑,落在横陈在我眼前的那口黑幢幢的棺材上。我镇静了一下,进房去叫了声母亲,又去看了祖母。祖母平日见我们回家,总是高兴地问长问短,这次却一句话也没有说,只长长地叹了一口气。我很想说的什么,去安慰这位活过了一世纪五分之四的老人,但一时想不出适当的话来,只得仍回到母亲房里去,和母亲及先我们到家的两兄商量治丧和安葬的事。

"明天成服;成服本是自己家里的事,决用不着告诉外人,湖南作兴请客,实在没有道理,我们现在决计照常州规矩,只行家祭,不请外客。"母亲首先告诉了我们明天的进行方针。

但成服的办法,固然就是这样决定了,其他未决的大事小事,正有的是。我母亲也没有主张,我们兄弟更没有人敢作主。譬如说,灵堂前要悬挂一幅大幛子,那是用白色的呢,还是用蓝色的。这就成了问题。照规矩,有老亲

193

在是只能用蓝色的,但在我们后辈看来,又似乎应该用白色的才像一个样子,结果只好去请示祖母。

"他已经抓到了花甲子,儿孙满堂,用蓝的不像样,还是用白的吧,我允许的。"

祖母既有了这样的话,我们才敢照做,不然哪怕这是一桩极小的事,也要惹起亲友的闲话的。

棺材不落葬,老是摆在田里,这是江浙一带的风气,在湖南绝对没有这种露葬的办法,纵是因为一时找不着地或是迷信风水,在山向不开的时候,也只有暂厝在享堂或会馆里的。但一般人都认为死者以落土为安,我们也极力主张葬了,可告一段落,免得日后人事变迁拖延下去,反而不好。加之时局这样,一朝战事发生,更顾不到死者了。"一·二八"之战连死者都遭了殃,粉骨碎身于强寇的炸弹之下,如果是到了窀穸之中,当然可以免了这番身后之厄。父亲死后,我们最注意的一点,就是早日安葬,但安葬必得先有地方,在上海一带有公墓,可以随时买一棺土,就可以下葬的。我到家的前夜,地生连日奔走的结果,看好了一块地。顶大的事有了着落,全家都放了心。我一到家,母亲就把这事说给我听,她说:"当初五舅来说,他们公上有几块地要出卖,我们不妨请地生去看看,也许有可用的。我们正好因为地生看了两天地没有结果,于是就要地生按址去看。起初看的不好,而他们还花了四百多两银子买进来的呢。昨天看的那块地，人手倒只有一百多两，地生看了回来很满意，现在把这件大事弄好了，大家都安了心。明天就预备要太兹下省去，和他们买定下来；现在地不值钱，也许还可以照从前的价钱便宜一点呢。"

我听了这一番话，当然也放下了一桩心事，以为真难得这样凑巧，一个要卖，一个要买。既然是亲戚家里的不要的地，至多照原价退好了，决不至有故意提高卖价的事，更难得的是我们这位执拗的地生，恰恰看中了这块又近又便宜的地。第二天一早太兹就下省了，约定要他把事弄妥当天下午打长途电话回来。我们等了一天半还不见他的电话来，心下不免焦虑。在他去后第三天，我们还没有起床，他回来了，一声不响地坐到他祖母——我母亲的床前，忽地哭了出来。我们当下都知道事体不妙，一定是他感到有辱使命，才至于未语先下泪的，然而我们却不明白事情到底变得怎样了。心里想听得急，口中却还是安慰他，说："不要紧，不要紧，地没有弄成功罢，不要紧，我们另外看过好了。"随即他就声泪俱下地告诉我们：

"他们现在又不肯卖了。我去问二舅公，他摸'了半天胡子，最后他说，他老了！……"

我们听了都气愤不过，尤其是我母亲气无所容，破口骂出："他老了，还没死呀！

195

我们是人死了停在家里！……就是一个不相干的外人，看见我们遇到这样的事，也要尽力帮忙，亲戚倒反而这样！"

"反而捣蛋，耽搁我们的时间。不卖就不必骗了我们去看呀，我们遇到这样大事，还要来给我们开这样的玩笑，这不知他们何所居心？"不记得是谁这样插嘴说。

"也许是想要作为奇货罢？"又有人说。

"要钱明说好了，何必又反反复复，一时说卖一时说不卖呢？"我母亲更不以为然。

"大约最初本是打算卖的，后来听说有地又想自己留下。不好的就卖给人家，好的留给自己，这也是人情之常。不过他们应该先请地生看一遍，把好的选出留下，不要的再拿出来卖，那么便不至闹出现在这样的事来，徒然惹起别人的恶感。"

"老实说，我们并不信什么地，难道我们还想谋他这块地不成？他最初不说卖，就是将来出皇帝的地，我们望也不会去望一眼的。既然这样，我们另外去看好了，有钱不怕没有地买。何况真正的发坟，都是地生追认的。你听见说过从前历代有哪一朝皇帝的祖坟，是经地生看过的呢？要真的看得准，阔人家的子孙，都应该做皇帝。然而不幸到了二十世纪，还有的是抱着这种迷信的人，生下儿女不晓得好好的教养，只希望自己死了葬一块好地去发他们。唉！说起来也未免太可怜了。"

大家这样感叹了一阵，愤慨也就消除了。第二天我们仍旧把那地生请来，继续我们看地的工作。这次是我和太兹两人陪伴那堪舆者下乡。一出城太兹就警告我说：

"五叔，今天你当心不要跌跤呀。"

"为什么？"我问。

"上次我陪他下乡看地，因为遇到一群恶狗，害得我跌了一跤，后来那地生对我说，他当时便已料到那地不行，去看果然要不得。所以那天是我跌一跤把那一块好地跌掉了的。今天我们不要把这块地又一跤跌掉了。等他快快看好，才能择期安葬。"

"好的。我不怕狗，遇到有狗的时候，你跟在我后面走好了。今天的地，包管不会跌掉。"

地看好了。我们不出面，全权委托地生去交涉购买。因为在湖南土地虽不值钱，乡下人如果听说有人看中了他的地要葬坟，他便要故意高抬其价，买好田也不过只买得七八块钱一亩，而一棺茔穴，常有开价到一千元的。我们这次因为地生知道我们并不是怎样的殷实巨富，所以也就不想从中发一笔怎样的大财，毋宁想用相当的贱价做中，以便我们将来好对他私人多报酬几文。于是这块地在不到一百元的代价之下，就成为我家所有了。

佳城购定以后，一切治丧的日期都可以择定，于是启

陋俗与恶习

随笔

攒、成主、开堂、家奠，家奠以至于发靷，都在三天或五天那种日数成单的制度之下决定了。目下的问题就是点主。点主要择黄道吉日无疑，这是容易在乡下一时要找一位够资格的人来为我们点主，却不容我们决定请三舅，但是他却谦逊地说："要我点主当然可以，我并不是推辞，不过照规矩总要有功名的好一点。你去请二舅罢，他到底是一个举人。"

我们当然也无所谓，临到点主的前一日，二舅果然来了。但他没有等到过夜就走了，说是有事不能耽搁，当天要下省的。我们信以为真，谁知我们后来把父亲送上了山，回头到亲戚家里，意外地又遇见他还在湘潭。后来一查真相，才知道他并未下省，他也不是不愿替我们点主，只是怕遇见另外一位太太，如果她当众讨起账来，堂堂举人的面子是没有地方放的。于是他只好回避了。但是我们成主的日子，已经逼在眉睫，不能不有个办法出来。这时最热心帮忙的，就是三舅，他很决断地主张：

"我看决定就用刺血题主罢，最简便不过了。"

刺血当然要抓住长于出血的，可是我大哥是西医，他也不愿为这种陋习冒险，结局是二哥承担下来，由大哥施行手术。写主位牌的任务，就归了我。当日我换了吉服，洗好了手，坐到南面的香案前，把新笔、神位都在檀香中熏过，正襟危坐来薰沐敬书。据说照规矩是应该跪着写的，我因为那样恐怕字写不好，只得从权。说起主位的格式来，可是很有讲究，字数要有一定，非合黄道不可，顶好是六个字或十一个字，再不然，就是咽十七个字或二十六个字亦可。那黄道有两种，一种是属于道家的，一种是属于释家的。顶好是两种都能适合。所谓道家的黄道是：道远几时通达，路遥何日还乡二句。其中有辶的字都可以用，顶好是落在第十一字的"还"字上，意思不外是希望死者归来。

关于释家的就是"生老病死苦"五字，在这五字中间，最好的字眼只有"生"字，"老"字勉强可用，所以写主位、墓碑、铭旌等以六个字为最好，因为反复读来，刚刚落在"生"字上，死者能再生，固然再好没有，就是生在西天也是好的。

成主是吉事，所以当日全家都脱了丧服，换上吉服。客人都来贺主，少不了要吃一餐好的酒席去。一家人家遇到了有丧事，正所谓"人死饭甑开，不请自己来"，每天的酒筵，是不能预算的。至于正式下帖子请客，别的酒客人不一定来吃，成主酒是照例都要到的。酒席的好歹，当然看人家的贫富而定。平常可以分上席和中席两种，但到了出殡的前夜，依照湘潭的规矩，抬柩的脚夫也要吃上席。在最讲究吃的中国人看来，这理由当然也很说得过，他们是代我们抬先人上山的，我们非倚重他们不可。吃上席之不足，我们当孝子的，还要向他们下拜道谢。下拜

199

是我们固有的大礼，在上海一带虽已被鞠躬取而代之了，但回到湖南，人们还是很重视叩头的。没有事的时候，大家马虎一点，一朝有事，你去请人帮忙，你少叩了一个头，就要惹起人家的闲话，甚至没有现金的报酬都可以原谅，只有对于这种礼节是决不应少的。我常听见有人说：

"他要找别人做事，手边没有钱不出钱不打紧，连头都不肯给我叩一个，真是岂有此理！"

可见叩一个头，在内地是颇值钱的。阔人出钱，穷人叩头，这已成了一种不成文的法律。你不求人则已，一要求人，就不出这两种办法。你不要笑穷人叩头如捣蒜，这都是有代价的，不过因为穷人的叩头比较不大值钱，所以有时不能不像捣蒜一般地多叩几个。就是可以出钱的阔人，遇必要时也还得叩头，才不失礼。我有十多年没有行跪拜礼了，这次死了老子，在那些老学究看来，就成了罪人，正是"罪孽深重，不自殒灭，祸延显考"，早已没有理由拒绝叩头，所以遇到那些来帮忙、吊香或贺主的人，不问是衣冠楚楚，或是赤脚草鞋，都得叩头，仿佛多叩一个头，就可以减轻我一分罪过似的。你平常向人叩头，别人都少不了要回礼，这时叩头，因为是为我们自己涤罪，并不是以大礼待人，所以那些人都受之无愧，不是，都回避不乐于受，常要转过身去把屁股朝着你，或竟掉头而去。这种不平等的待遇，据说也是合乎古礼的。

一个人到了"不自殒灭，祸延显考"的时候，不仅在家里成了罪人，出外也是一个忌物。大家都不高兴你到他家里去，仿佛你所犯的这种罪，也和意图颠覆民国的政治犯一般，怕你连累他们，使他们传染你这种不祥的病痛。他们对于你没有同情，只有歧视。一般佣人仆役，就要乘此机会来敲诈你的钱。一盏纸扎的孝字灯，就得买上十多块钱。一举一动都有发给"包封"的必要。你出了工资请来抬柩的脚夫，给他上好的席吃了，最后还要给所谓"发达钱"；家里死了人，便算发达了。

因为家里已经"发达"，所以钱要尽量地用，顶好用到不留一文。至于生者以后的生活，是没有人顾虑的。在生你对慈亲不孝，没有人干涉你，死后你若吝于用钱，便人人可以说话。其实"一滴何曾到九泉"，死者并不要吃，要吃的还是活人；看你那一桌祭菜，不是活人吃了的呢！

当孝子的只有三件事，那就是多给人叩头，多给人吃，多给人钱；这三件事做得使人满意，便能博得旁人的称道和赞美。在他们看来，这都是表示对死者的孝心，尤其是不吝惜用钱，才真算得是模范孝子。

钱愈用得多，丧事便愈闹热。锣鼓执事，招摇过市，于是儿子的孝心尽了。旁人啧啧称羡，此老福分不浅。他们不约而同地都把视线的焦点注在那些三棱冠上。

"真好福气，有五个崽呢！"

陋俗与恶习

随笔

　　我们沿路只听见这句话在许多不同的人口中反复着。我心中在暗想，如果他们知道我父亲还有四个女儿，不知更要怎样说。人们只看到儿女多的好处，却没有看到儿女多的累赘。不，这种累赘他们也看到的，不过他们不肯说罢了。人们只一味羡慕人家的好处，不会同情人家的苦处的。我父亲晚年为小儿女所担的心事，病中为他们所受的闲气，这时都兜上心来，使我感着悲痛。我只希望多听几声旁人的赞美：

　　"真好福气！"

　　一路遇到有人摆祭菜或放鞭炮的，我们都酬之以叩头和包封。灵柩抬到转弯抹角或险路窄桥的时候，孝子都得跪下来，脚夫们才高兴抬。如果少叩了头，他们便会感到愈抬愈重。在这时候叩头不仅可以值钱，而且可以减轻重量。叩头的功效，竟有如此之大，是我以前所未梦想到的。

　　发了多少包封，叩了多少头之后，终于送到山上了。地生分过经，灵柩便安然地落了土。脚夫们都讨了"发达钱"，又在山上吃了饭，一个个扬长而去。我们等到坟上盖满了土，才转身回家。一路我在私祝我父亲安眠而外，脑中只剩得三件事：

　　多给人叩头！多给人吃！多给人钱！

载《逸经》第 95 期(1937 年 8 月 5 日出版)

中国人与英国人（节录）

林语堂

（前略）

我要论及英国人的性格，因为我想我对于英国比较别国更了解。我觉得英国民众的精神比较和中国民族的精神相似，因为两国都是崇拜现实和常识的。英国人和中国人的思想的方式，甚至于他们语言的方式，都有许多相似之处。这两个民族对于逻辑都深切地不信任，而对于太完美的辩证是极端怀疑的。我们以为一个辩证太合逻辑便靠不住。两国都是比较长于实行正当的事而不擅于说出做这事的好理由。英国人都爱一个善于说谎的人，中国人也如此。我们是喜欢叫一件东西的正当名目以外的任何名目的。当然，不同之处也有许多（例如中国人是比较情感用事一些），而且有时中国人和英国人互相

203

讨厌，不过我是在抉发我们民族性的根蒂。

让我们来分析英国人性格中的力量，来瞧瞧英国的荣耀的事业史是怎样由此而生的。我们都知道英国非但有一个荣耀的事业史，而且也有一个绝对可惊的事业史。英国向来有做正当的事而呼之以错误的名目的才干，例如至今它把英国的民主政体呼为君主政体。因此之故，英国人的伟大性就难以被人所领略了。英国是常被人家所误解的，除非是中国人才能够了解英国的民族性。人家诬英国民族是伪君子，矛盾，"混过去"的天才，而是出名缺乏逻辑的。我却正要为英国人的矛盾和常识辩护。诬蔑他们是伪君子是不公道的，这种诬蔑是由于对英国人的性格缺乏正确的了解和领略。惟其我是个中国人，所以我想我能了解英国人的性格比他们自己还要清楚些。

我现在要在这里举出一个观点，从这个观点看去可以正确地领略英国的伟大。谁要想领略英国，他须要对逻辑有相当的轻视。所有一切对于英国人的误解都由误解了思想的真实的功能。有一种常有的危险，那就是我们把玄空洞的理论认为人类脑力最高的功能，而把它的价值抬得比单纯的常识来得高。可是国家像动物一样，它的首要的功能是懂得"怎样生活"；除非你学会怎样生活而使你自己适合变迁的环境，你所有的思想都是不中用的，而仅是曲解了人类头脑的正常功能。

我们都有这种曲解，以为人类的脑筋是运用思想的器官，是诚大谬。我敢说这种见解以生物而论是不正确而不健全的。贝尔福爵士（Lor Balfur）曾经智慧地说过："人类的头脑是一个找食物的器官，恰似猪鼻一样。"归根结蒂的说，人类的头壳仅是一块扩大的脊骨，而脊骨的首要功能就是"感觉危险"和"保全性命"。我们先是动物而后成为思想家的。所谓的"逻辑的考虑"只是动物界迟晚的发展，而至今仍极幼稚。人类只是半思想半感觉的动物。帮助人得到食物和过活的那种思想是较高的，而不是较低的，一类思想，因为这一类思想总是比较来得健全。这一类思想通常称谓常识。

须知没有思想的行动也许是愚笨的，可是没有常识的行动却总是凶险的。一个有健全常识的国家并不是个不思想的国家，宁可说它是个能以思想为"生活的本能"所用而使二者和谐的国家。这一类的思想从"生活的本能"得到实益而并非和它抵触的。思想得太多反而要陷人类于毁灭。

英国人也思想，可是从来不肯钻进他们自己思想的牛角尖和逻辑的空洞。这就是英国人头脑的伟大处，也是英国常能够"在适当的时候做适当的事"的理由。这也是英国能够"帮着适当的一方面作适当的战争"的理由，

205

随笔

陋俗与恶习

例如前自西班牙舰队之役至拿破仑的战争，后至克里米之战，欧洲大战和最近的意阿战争。英国所站的方面总是对的，而它抬出的名目总是假的。这是英国的可惊的力量和生命力的原因。你尽可以说它是"混过去"，矛盾和伪君子。但是毕竟是英国人健全的常识和头脑冷静的"生活的本能"。

换句话说，国家像个人一样，其首要的公例就是谋"自存之道"；一个国家越是能够使自己适合变迁的环境，它的生活的本能越是健全，不管什么逻辑不逻辑。西舍罗（Cicer）说："理论一贯是小人之德。"英国人的矛盾的能力正是英国的伟大处。

试举这可惊的英帝国做例子，在今日它仍是世界上最大的帝国。这是英国人怎样造成的呢？那是全仗着完全没有逻辑的考虑。你也许要说英帝国的伟大是基于英国人的"运动员精神"，耐力、魄力、和英国法官的廉直。这些都是真的，可是还有一个更大的理由在。英帝国的伟大是基于英国人的不用头脑。这不用头脑，或少用头脑，却产生了精神上的力量。英帝国的存在是因英国人这样确凿地相信自己和自己的优越。

没有一个国家能够到处征服世界，除非它十分确信它自己"开化的使命"。若使一旦发现了别国和别种人也自有其可取之处，那时你精神上的坚信就会消失，而你的帝国也就崩溃了。英帝国至今还屹然独立着,因为英国人仍信他们的行径是唯一正确的途径,也因为他们不能忍受任何人不遵照他们的标准。

(中略)

于是英国人在那里走着,携着他的雨伞(而对于他的雨伞并不觉得可耻),除自己的语言之外拒绝讲任何别种语言,在非洲的榛莽中一定要果酱;他不能饶恕他的佣人,假使在非洲的沙漠中他不能在圣诞前夕预备好一颗冬青树和梅子布丁;他是这样自信,这样可怕他坚信自己,这样可怕地得体。他的形象,看去不像一只呆木而被迫的动物的时候,便是一举一动都有一种必然性。你可以预料一个英国人将要做什么,甚至于在他打喷嚏的时候。他要拿出他的手帕——因为他总是带着手帕的——嘴里咕噜些关于这"可恶的风寒"的话。你也能说得出他脑筋里正在想吃 Bovril 牛肉茶和回家去用热水洗一回脚;一切都像明天早晨东天会出太阳一样的无可避免。可是你却不能扰得他失色动容。这种自以为是的形象是不很可爱的,可是很神气活现的。在实际上他就靠着这威吓和这自以为是的神气来征服世界的,而他竟能成功,就由得他说嘴。

至于我国人呢,我竟被这"自以为是"引得心旌摇摇了;这样一个人——他以为一个国家的人民若不吃 Bovril

207

牛肉茶而不在适当的时刻拿出这不可避免的白手帕来，那么这个国家定是被上帝所厌弃的——像他这样的"自以为是"，这就引得人家要想透视这人的厚皮而窥见他的内心。因为英国人是神气活现的，好像孤独是神气活现的。一个人假使能够独自坐在一个俱乐部的一隅而神情自在，他总是神气活现的。

当然这其中也自有它的道理，他的灵魂并不怎样坏，而他的"自以为是"也并不仅是摆架子装神气而已。我有时觉得英伦银行无论如何不会倒闭，只为英国人都相信它不会倒；它决不会关门，只为向来就无此例。英伦银行是得体的。英国的邮局也得体。制造家人寿保险公司也得体。整个的英帝国也得体。一切都是这样得体，这样不可避免地得体。我确信孔夫子会觉得英国是最合理想的居留之处。他会喜欢伦敦警察扶着老太婆们过街，他也会喜欢听见小孩和未成年的人和他们的长辈说话时唯唯从命地说："Yes，Sir。"

中国以前也是一个得体得可怕而自信得可怕的国家。中国人从前也是满有常识而且是尊重常识而贱视逻辑的。假使以前中国人有什么做不来的事，那就是科学的理论了，科学的理论在中国的文学上是"阙如焉"。中国人的头脑思想起来是飞跃的，而常由捷径，凭单纯的直觉，而求得同样的真理。中国人的头脑擅于摒弃不重要的东西而紧紧抓住生活中的要素。最要紧的是它有常识和人生的智慧，它还有幽默，它还能够心地光明而处之泰然地对着逻辑上的矛盾。

这种智慧和幽默现在已经失去了不少，而那使它在古代显赫的健全的常识现在也消沉了。当代的中国人是喜怒无常，轻躁易怒而神经衰弱的人，他的平衡的脾气已因失去了自信而消灭，而自信力的失去则由于一世纪来的中国国运的颠沛和不得不适应新生活的晦气。

但古代的中国却有极丰富的常识。中国最典型的思想家是孔夫子，英国最典型的思想家是约翰生（Samuel Johnson），两个都是常识的哲学家。假使孔夫子和约翰生见面的话，他们一定会相视而笑，莫逆于心。二人都不能恬然地容忍傻瓜；二人都不耐无意识的事。二人都显露着锐利的智慧和坚决的判断力。二人都用权变，而二人都是运用着杂拌儿式的思想。二人对于硁硁的求全都极端蔑视。孟夫子说孔夫子是"圣之时者也"，孔夫子自己曾经两次说自己是"无可无不可"的。可怪的是中国人崇拜这位大师正因为他是一个"圣之时者也"——这句话（"投机的圣人"）在中国文理并不是骂人的话——因为把人生明白得太深刻了，所以不仅仅是求全。从表面上说，这位村塾师并没有什么使人景仰之处。可是中国人宁可崇拜他而不去崇拜较聪明的庄子，或较逻辑的商鞅，或较澈底的王安石。除爱好中庸之外孔夫子并没有什么惊人之处，除中和之外他没有什么非常之处。他的唯一神圣之处就是他的伟大的"人性"。吴经熊博士说得好：

他不死讲道学，因为他的道德太高了；他不矜持小节，因为他气节太大了；他不仅是人本主义，因为他能"仁"了；他甚至不肯过分中庸，因为他是太完整地中庸。没有人比这样一个人物更冲淡平庸了。除非是中国人才会崇拜这样一个人，恰似除非英国人才会崇拜麦克唐纳。麦克唐纳的政治生活是照着英国的方式——那是最富丽堂皇的方式了——来致全力于达到"矛盾"。麦克唐纳是一个工党领袖，有一天跑上唐宁街十号的石阶，嗅嗅那里的空气，觉得很快活。他觉得这世界很可爱而安全，他就着手竭力使得它更安全。既到了这样地步，他就毅然不顾一切，把工党的党纲弃之若遗；孔夫子假使处他的地位，也一定如此做法。因为孔夫子一定赞成麦克唐纳，恰如他一定会赞成约翰生。古今大人物都是这样所见略同互相辉映的。

欧洲今日所需要的，世界今日所需要的，并不是智力的聪明，倒是较多的生活的智慧。英国人并没有逻辑，可是有中国人所谓的智慧。大家都觉得英国的在冥冥中总是使得欧洲的生活更安全，并且使得它历史的进展更稳健。世界上可以拿得定的事是那么少，能看见一个能那样自信的人倒也令人松快。

中英两国的大区别是英国文化中的丈夫气较强些，中国的文化中女性的谲巧较多些。中国能向英国学一些丈夫气是有益的；英国能从中国多学些中庸之道，对于生命的成熟的了解，和生活的艺术，那于英国也是有益的。文化的最真实的测验是看你能怎样从生命中得到最大的乐趣，而不是你能怎样征服和屠杀。西方可以从中国学着不少卑微的"和平的艺术"，如养鸟、种兰、煮茶和在简朴的环境中不改其乐。

曾有人说过：理想的生活是住在英国的村舍，雇一个中国厨子，娶一个日本太太，弄一个法国小老婆。假使我们都这样做，我们就可以在和平的艺术中前进，然后我们才可以忘掉怎样屠杀。基督徒也许要反对这种计划，但我相信这种生活的艺术的合作可以开国际谅解和好感的新纪元，而使得现代的世界足以安居。这个计划比墨索里尼目前正为我们擘划的来得好。这个计划至少听来较为顺理。

载《逸经》第 14 期(1936 年 9 月 20 日出版)

陋俗与恶习

随笔

211

放风筝的是非（节录）

孙福熙

放风筝的时候又到了，这使我联想到许多事：

在严格教育的家庭中，小孩放风筝是在严禁之列，以免荒废学业。但也有许多家庭独不禁放风筝，理由是风筝向高，可使小孩习上。国民政府成立以后，竭力推行太阳历，禁止演用阴历及阴历时代所有的风俗习惯。但有一天是准许人民知道阴历的时日的，这一天是阴历九月初九。九月初九是重阳节，习俗要登高避难，登高可使人民习上，所以有一个时期是各校放假的。

此后的风筝的命运是大不相同了。中国现在是提倡航空救国，据说飞机独怕风筝，一则是防空者见了风筝便疑为敌机，而见了敌机反而疏忽，二则是飞机的前进活叶最怕风筝线索的牵绕。所以两年前依照航空署的请求，政府有布告，严禁人民放风筝。

我不是航空家，而且离放风筝的年龄已经相当的远了，所以，看到报上这段新闻，若无其事的过去了，一位意大利画家，正在中国，看到我，忿忿的说：

"你看报了吧！中国政府只晓得残害中国固有的美。风筝，是中国现留惟一的美了，偏要禁止它。意大利法兰西不是没有风筝的；至于航空，比中国发达到若干倍，但从没有听到意大利、法兰西禁止放风筝。"

禁止虽然禁止，但当名人提倡的时候，风筝是没有妨害航空的了。

〔下略〕

载《逸经》第 4 期(1936 年 4 月 20 日出版)

陋俗与恶习

随笔

饮食男女在福州

郁达夫

福州的食品，向来就很为外省人所赏识。前十余年在北平，说起私家的厨子，我们总同声一致的赞成刘崧生先生和林宗孟先生家里的蔬菜的可口。当时宣武门外的忠信堂正在流行，而这忠信堂的主人，就系旧日刘家的厨子，曾经做过清室的御厨房的。上海的小有天以及现在早已歇业了的消闲别墅，在粤菜还没有征服上海之先，也曾盛行过一时。面食里的伊府面，听说还是汀州伊墨卿太守的创作。太守住扬州日久，与袁子才也时相往来，可惜他没有像随园老人那么的好事，留下一本食谱来，教给我们以烹调之法，否则，这一个福建萨伐郎（Savarin）的荣誉，也早就可以驰名海外了。

福建菜所以会这样著名，而实际上却也实在是丰盛不过的原因，主要是由于天然物产的富足。福建全省，东南并海，西北多山，所以山珍海味，一例的都贱如泥沙。听说沿海的居民，不必忧虑饥饿，大海潮回，只消上海滨去走走，就可以拾一篮海货来充作食品。又加以地气温暖，土质腴厚，森林蔬菜，随处都可以培植，随时都可以采撷。一年四季，笋类菜类，常是不断；野菜的味道，吃起来又比别处的来得鲜甜。福建既有了这样丰富的天产，再加上以在外省各地游宦营商者的数目的众多，作料采从本地，烹制学自外方，五味调和，百珍并列，于是乎闽菜之名，就喧传在饕餮家的口上了。清初周亮工著的《闽小纪》两卷，纪述食品处独多，按理原也是应该的。

福州海味，在春三二月间，最流行而最肥美的，要算来自长乐的蚌肉，与海滨一带多有的蛎房。《闽小纪》里所说的西施舌，不知是否指蚌肉而言：色白而腴，味脆且鲜，以鸡汤煮得适宜，长圆的蚌肉，实在是色香味俱佳的神品。听说从前有一位海军当局者，老母病剧，颇思乡味，远在千里外，欲得一蚌肉，以解死前一刻的渴慕，部长纯孝，就以飞机运蚌肉至都。从这一件轶事看来，也可想见这蚌肉的风味了。我这一回赶上福州，正及蚌肉上市的时候，所以红烧白煮，吃尽了几百个蚌，总算也是此生的豪举，特笔记此，聊志口福。

蛎房并不是福州独有的特产，但福建的蛎房，却比江

215

浙沿海一带所产的，特别的肥嫩清洁。正二三月间，沿路的摊头店里，到处都堆满着这淡蓝色的水包肉。价钱的廉，味道的鲜，比到东坡在岭南所贪食的蚝，当然只会得超过。可惜苏公不曾到闽海去谪居，否则，阳羡之田，可以不买，苏氏子孙，或将永寓在三山二塔之下，也说不定。福州人叫蛎房作"地衣"，略带"挨"字的尾声，写起字来，我想只有"蚯"字，可以当得。

在清初的时候，江瑶柱似乎还没有现在那么的通行，所以周亮工再三的称道，誉为逸品。在目下的福州，江瑶柱却并没有人提起了，鱼翅席上，缺少不得的，倒是一种类似宁波横脚蟹的蝤蟹，福州人叫作"新恩"，《闽小纪》里所说的虎蟳，大约就是此物。据福州人说，蝤肉最滋补，也最容易消化，所以产妇病人以及体弱的人，往往爱吃。但由对蟹类索无好感的我看来，却仍赞成周亮工之言，终觉得质粗味劣，远不及蚌与蛎房或香螺的来得干脆。

福州海味的种类，除上述的三种以外，原也很多很多，但是别地方也有，我们平常在上海也常常吃得到的东西，记下来也没有什么价值，所以不说。至于与海错相对的山珍哩，却更是可以干制，可以输出的东西，益发的没有记述的必要了，所以在这里只想说一说叫作肉燕的那一种奇异的包皮。

初到福州，打从大街小巷里走过，看见好些店家，都有一个大砧头摆在店中。一两位壮强的男子，拿了木锥，只在对着砧上的一大块猪肉，一下一下的死劲地敲。把猪肉这样的乱敲乱打，究竟算什么回事？我每次看见，总觉得奇怪，后来向福州的朋友一打听，才知道这就是制肉燕的原料了。所谓肉燕者，就是将猪肉打得粉烂，和入面粉，然后再制成皮于，如包馄饨的外皮一样，用以来包制菜蔬的东西。听说这物事在福建，也只是福州独有的特产。

　　福州食品的味道，大抵重糖。有几家真正福州馆子里烧出来的鸡鸭四件，简直是同蜜饯的罐头一样，不杂入一粒盐花。因此福州人的牙齿，十人九坏。有一次去看三赛乐的闽剧，看见台上演戏的人，个个都是满口金黄。回头更向左右的观众一看，妇女子的嘴里也大半镶着全副的金色牙齿。于是天黄黄，地黄黄，弄得我这一向就痛恨金牙齿的偏执狂者，几乎想放声大哭，以为福州人故意在和我捣乱。

　　将这些脱嫌糖重的食味除起，若论到酒，则福州的那一种土黄酒，也还勉强可以喝得。周亮工所记的玉带春、梨花白、蓝家酒、碧霞酒、莲须白、河清、双夹、西施红、状元红等，我都不曾喝过，所以不敢品评。只有会城各处在卖的鸡老（酪）酒，颜色却和绍酒一样的红似琥珀，味道略苦，喝多了觉得头痛。听说这是以一生鸡，悬之酒中，等

217

鸡肉鸡骨都化了后,然后开坛饮用的酒,自然也是越陈越好。福州酒店外面,都写酒库两字,发卖叫发扛,也是新奇得很的名称。以红糟酿的甜酒,味道有点像上海的甜白酒,不过颜色桃红,当是西施红等名目出处的由来。莆田的荔枝酒,颜色深红带黑,味甘甜如西班牙的宝德红葡萄,虽则名贵,但我却终不喜欢。福州一般宴客,喝的总还是绍兴花雕,价钱极贵,斤量又不足,而酒味也淡似沪杭各地,我觉得建庄终究不及京庄。

福州的水果花木,终年不断:橙柑、福橘、佛手、荔枝、龙眼、甘蔗、香蕉,以及茉莉、兰花、橄榄等等,都是全国闻名的品物。好事者且各有谱牒之著,我在这里,自然可以不说。

闽茶半出武夷,就是不是武夷之产,也往往借这名山为号召。铁罗汉、铁观音的两种,为茶中柳下惠,非红非绿,略带赭色,酒醉之后,喝它三杯两盏,头脑倒真能清醒一下。其他若龙团玉乳,大约名目总也不少,我不恋茶娇,终是俗客,深恐品评失当,贻笑大方,在这里只好轻轻放过。

从《闽小纪》中的记载看来,番薯似乎还是福建人开始从南洋运来的代食品。其后因种植的便利,食味的甘美,就流传到内地去了。这植物传播到中国来的时代,只在三百年前,是明末清初的时候,因亮工所记如此,不晓得究竟是否确实。不过福建的米麦，向来就说不足，现在也须仰给于外省或台湾，但田稻倒又可以一年两植。而福州正式的酒席，大抵总不吃饭散场，因为菜太丰盛了，吃到后来，总已个个饱满，用不著再以饭颗来充腹之故。

饮食处的有名处所，城内为树春园、南轩、河上酒家、可然亭等。味和小吃，亦佳且廉，仓前的鸭面，南门兜的素菜与牛肉馆，鼓楼西的水饺子铺，都是各有长处的小吃处。久吃了自然不对，偶尔去一试，倒也别有风味。城外在南台的西菜馆，有嘉宾、西宴台、法大、西来、以及前临闽江，内设戏台的广聚楼等。洪山桥畔的义心楼，以吃形同比目鱼的贴沙鱼著名，仓前山的快乐林，以吃小盘西洋菜见称，这些当然又是菜馆中的别调。至如我所寄寓的青年会食堂，地方精洁宽广，中西菜也可以吃吃，只是不同耶稣的飨宴十二门徒一样，不许顾客醉饮葡萄酒浆，所以正式请客，大感不便。

此外则福建特有的温泉浴场，如汤门外的百合、福龙泉，飞机场的乐天泉等，也备有饮馔供客。浴客往往在这些浴场里可以鬼混一天，不必出外去买酒买食，却也便利。从前听说更可以在个人池内男女同浴，则饮食男女，就不必分求，一举竟可以两得了。

要说福州的女子，先得说一说福建的人种，大约福建土著的最初老百姓，为南洋近边的海岛人种，所以面貌习

219

俗,与日本的九州一带,有点相像。其后汉族南下,与这些土人杂婚,就成了无诸种族,系在春秋战国吴越争霸之后。到得唐朝,大兵入境。相传当时曾杀尽了福建的男子,只留下女人,以配光身的兵士,故而直至现在,福州人还呼丈夫为"唐晡人",晡者系日暮袭来的意思,同时女人的"诸娘仔"之名,也出来了。还有现在东门外北门外的许多工女农妇,头上仍带着三把银刀似的簪为发饰,欲称它们作三把刀,据说犹是当时把遗制。因为她们的父亲丈夫儿子,都被外来的征服者杀了;她们誓死不肯从敌,故而时时带着三把刀在身边,预备复仇。只今台湾的福建籍妓女,听说也是一样:亡国到了现在,也已经有好多年了,而她们却仍不肯与日本的嫖客同宿。若有人破此旧习,而与日本嫖客同宿一宵者,同人中就视作禽兽,耻不与伍,这又是多么悲壮的一幕惨剧!谁说犹唱后庭花处,商女都不知家国的兴亡哩!试看汉奸到处卖国,而妓女乃不肯辱身,其间相去,又岂只泾渭的不同?这一种古代的人种,与唐人杂婚之后,一部分不完全唐化,仍保留着他们固有的生活习惯、宗教仪式的,就是现在仍旧退居在北门外万山深处的畲民。此外的一族,以水卜为家,明清以后,一向被视为贱民,不时受汉人的蹂躏的,相传其祖先系蒙古人,自元亡后,遂贬为蜒户,俗呼科蹄。科蹄实为曲蹄之别音,因他们常常曲膝盘坐在船舱之内,两脚弯曲，故有此称。串通倭寇，骚扰延海一带的居民，古时在泉州叫作泉郎的，就是这一种人种的旁支。

因为福州人种的血统，有这种种的沿革，所以福建人的面貌，和一般中原的汉族，有点两样。大致广颡深眼，鼻子与颧骨高突，两颊深陷成窝，下额部也稍稍尖凸向前。这一种面相，生在男人的身上，倒也并不觉得特别；但一生在女人的身上，高突部为嫩白的皮肉所调和，看起来却个个都是线条刻划分明，像是希腊古代的雕塑人形了。福州女子的另一特点，是在她们的皮色的细白。生长在深闺中的宦家小姊，不见天日，白腻原也应该；最奇怪的，却是那些住在城外的工农佣妇，也一例地有着那种嫩白微红，像刚施过脂粉似的皮肤。大约日夕灌溉的温泉浴是一种关系，吃的闽江江水，总也是一种关系。

我们从前没有居住过福建，心目中总只以为福建人种，是一种蛮族。后来到了那里，和他们的文化一接触，才晓得他们虽则开化得较迟，但进步得却很快；又因为东南是海港的关系，中西文化的交流，也比中原僻地为频繁，所以闽南的有些都市，简直繁华摩登得可以同上海来争甲乙。及至观察稍深，一移目到了福州的女性，更觉得她们的美的水准，比苏杭的女子要高好几倍。而装饰的入时，身体的康健，比到苏州的小型女子，又得高强数倍都不止。

221

天生丽质难自弃，表露欲，装饰欲，原是女性的特嗜，而福州女子所有的这一种显示本能，似乎比什么地方的人还要强一点。因而天晴气爽，或岁时伏腊，有迎神赛会的关头，南大街、仓前山一带，完全是美妇人披露的画廊。眼睛个个是灵敏深黑的，鼻梁个个是细长高突的，皮肤个个是柔嫩雪白的；此外还要加上以最摩登的衣饰，与来自巴黎、纽约的化妆品的香雾与红霞，你说这幅福州晴天午后的全景，美丽不美丽？迷人不迷人？

亦唯因此之故，所以也影响到了社会，影响到了风俗。国民经济破产，是全国到处都一样的事实，而这些妇女子们，又大半是不生产的中流以下的阶级。衣食不足，礼义廉耻之凋伤，原是自然的结果，故而在福州住不上几月，就时时有暗娼流行的风说，传到耳边上来。都市集中人口以后，这实在也是一种不可避免而急待解决的社会大问题。

说及了娼妓，自然不得不说一说福州的官娼。从前邵武诗人张亨甫，曾著过一部《南浦秋波录》，是专记南台一带的烟花韵事的。现在世业凋零，景气全落，这些乐户人家，完全没有旧日的豪奢影子了。福州最上流的官娼，叫作白面处，是同上海的长三一样的款式。听几位久住福州的朋友说，白面处近来门可罗雀，早已掉在没落的深渊里了；其次还勉强在维持市面的，是以卖嘴不卖身为标榜的清唱堂，无论何人，只须花三元法币，就能进去听三出戏。就是这一时号称极盛的清唱堂，现在也一家一家的废了业，只剩了田墩的三五家人家。自此以下，则完全是惨无人道的下等娼妓，与野鸡款式的无名密贩了，数目之多，求售之切，到了骇人听闻的地步。至于城内的暗娼、包月妇、零售处之类，只听见公安维持者等谈起过几次，报纸上见到过许多回，内容虽则无从调查，但演绎起来，旁证以社会的萧条，产业的不振，国步的艰难，与夫人口的过剩，总也不难举一反三，晓得她们的大概。

　　总之，福州的饮食男女，虽比别处稍觉得奢侈，而福州的社会状态，比别处也并不见得十分的堕落。说到两性的纵弛，人欲的横流，则与风土气候有关，次热带的境内，自然要比温带寒带为剧烈。而食品的丰富，女子一般姣美与健康，却是我们不曾到过福建的人所意想不到的发见。

一九三六年六月二日

载《逸经》第 9 期(1936 年 7 月 5 日出版)

陋俗与恶习

随笔

新婚衾枕

老　向

结婚是终身大事，是由孩童变为成人的一关，民间向来看得十分隆重。日久年深的婚礼积习，根深蒂固的迷信意义暂且不提，单论新婚的衾枕，由缝制，到铺用，处处耐人寻味，在在一丝不苟；即使意在戏谑，也戏谑得十分认真。

男婚女嫁，筹备衾枕是作母亲的繁重工作。被褥的数量说明贫富，枕头的花彩表现巧拙，所以作母亲的总是老早就制做，谁也不肯掉以轻心。把亲手织的布染上色，亲手摘的棉弹成絮，颜色惟恐不鲜，花絮惟恐不厚，母亲的用心惟恐不周。凡是乡下妇女，一看见别人操持的被褥材料不同寻常，一定会猜想这是要办喜事了，立刻会说一句："哪一天的日子啊？装枕头作被褥可叫我一声！"

把别人的事当自己的事一样作，在缝制新婚衾枕的时候，乡下妇女充分表现着这种高贵的精神。主妇把一切材料准备完全，检一个晴暖的天气，把芦席铺在院子里，然后到四邻去，只要说一声："今天请你们做被褥！"所有的大娘、婶子、诸姑姊妹不论如何工夫紧，都会欣然放下自己的活计前来帮忙。她们认为这是最应尽的义务，所以丝毫不带勉强。一边缝纫，她们还要一边搜索所有的吉幸话儿，谐趣无穷，笑声不已，院子里真仿佛是祥云缭绕的极乐世界。但是，她们到齐以后，并不立刻就动手，先得推选一位丈夫现在儿女双全的"全人"，举行"开针典礼"，先缝一道缝儿，然后大家再随着做。

　　装枕头，做被褥，都是在露天里，也都是那些帮忙的一鼓作气，当日完成。枕头的两顶，有的绣花，有的刺字，都是预先做好，临时把碎麦杆装上就得，枕头的数目必须成对，由四个、八个、以至十二个；多数是陈列品，其中为新夫妇应用的两个，除了碎麦杆，还要装上一些豆秸，一双筷子，一颗大葱。"装上豆秸，生了儿作秀才"，筷子取其"快快生子"的意思，葱是与"聪"谐音。还有喜欢开玩笑的，多半是新人的嫂子或婶母，她们遮遮掩掩把新人的枕头内塞上两块半截砖，意在教他们不能安枕，以便于辗转反侧。主妇即是亲眼看见这种玩笑，至多笑嘻嘻的为儿女讲情，从不认真反对。在整套的婚礼中，如果没有人

陋俗与恶习

随笔

开玩笑,主人家定是个死门头。

在被褥里,除了铺棉絮,还要撒上一些麦麸,取其有"福"的意思。被褥的四角,通常是搁上枣、栗子,以谐"早立子"。开玩笑的要在棉絮上撒一些棉籽大豆之类,意思又在教新人不安于被了。被褥的数目,和枕头一样,由四铺四盖,以至于十二铺十二盖,那要看家当如何而定。中产人家,干宅制做八铺八盖,女家再有陪嫁的八铺八盖,差不多足够这一对新人应用一生。此外,新妇还要自备一种短小的被褥,属于亵物,都是韫椟而藏,难见天日。

洞房里有一条土炕,炕的一端设有炕橱。新婚的衾枕,便摞在炕橱的上面。一层被褥,一层枕头,颜色要配得美,长短要折得齐,不是惯家也弄不妥当。"行家看门道",乡下妇女,都是缝纫专家,专会挑词儿;花样是否时兴,针线是否精致,不用打算瞒过她们的眼。

新婚初夜,吃了子孙饺子以后,闹房的由公开活动变而为秘密组织了,铺床专员们就要来启动这些被褥。她们的一员必须是"全人",都受了主妇的请托。在半庄半谐、装神弄鬼的铺床当中,这些专员对这一双早婚的新人,要教以人生大道,直到现在还不曾列入学校课程的人生大道。她们首先告诉新人,这初夜的被褥,铺什么样儿就是什么样儿,不许新人乱更动,谁动谁有灾。然后在那一摞被褥中,把主妇指定的一部分摊在炕上,指着新夫妇说："状元他爹，状元他娘，状元他大娘来铺床。"说完了，把一份衾枕，铺在炕中间，而且将被窝的一头儿折起来。这样，逼得新人除了同衾，别无他法。她们铺着床，一边扫，一边念："扫扫表儿，生个小儿，扫扫里儿，生个女儿。"在口才擅长、练习有素的铺床者，能背诵整本大套的喜词儿，词意有的也很雅训。不过，近来的乡下人，似乎没有人注意这些事了。

在铺好了被褥以后，通常还要用一个铜盆在炕上滚一遍，口里念诵："滚一滚盆，姑娘儿子一大群！"若用织布的乘子代替铜盆，则祝词是："滚一滚乘，子孙娘娘多多的送。一年一个二年俩，三年过后一扑拉。"娶妻为的生子，当然多多益善了。爱开玩笑的，往往趁铺床时，抓一把豆麦之类撒在被窝里，使那些听房的们，精神焕发，有所期待。

这样繁琐的铺床仪式举行完毕，那些专员还得庄重的叮嘱新妇："记着！女趁男，先生男；男趁女，先生女。"然后慢慢的把灯移到外间去，因为忌讳新人"吹灯"。这一瞬间，新人的情绪大概紧张到了极度吧。

结婚的次日，主妇带着新娘子到四邻去拜门的时候，一般好事的晚辈们，会热心的替新夫妇的被褥作一番清洁检查。

一丝一缕，来处不易，这新婚衾枕，在新婚的一周内

陋俗与恶习

随笔

和第一个新年中是陈列在外面的。以后，除了应用的，便都锁在柜里；沉厚的人家，一直等到生的儿子要结婚了，才把那些被褥取出来。

十五年二月五日于河北定县考棚内

载《逸经》第 2 期(1936 年 3 月 20 日出版)

咫尺天涯

许钦文

良！父亲昨天回来，我搬到外面同秋桂一道睡了。大概因为日间忙碌，事情做得太多，她已呼呼的困得很熟。靠着从玻璃窗上透进来的月光，我偷偷的给你写信。睡在床上，躺着写信的人是少有的罢，我不能多说，怕得惊醒这一道睡着的可怜的姑娘。字潦草是免不了的，你看得明白么？

你一定早在等候我的信。没有法子，即使早有得写好，也是寄不出的。晚娘的手段，愈使愈紧，放暑假以来，好像监视囚犯，简直不让我跨出门口去一步，除非同她在一道。现在可好，父亲一回来，表妹也就可以常来走走了；以后你可以写信给我，由她转交。但不要写上我的真姓名，随便假托一个就行，我已同她接治好；免得她家的人看到,有意无意的到这里来说起。这封信也是托表妹带出的,她姓张,叫做惠贞;她家在碧梧巷九十八号,记牢!

跟着妈在街上走的时候,我常常疑心,或许你在前面走着,会得忽然碰见。我在挂念你,多多来信。祝健! 你的青,八月四夜。

※　　　　　　※　　　　　　※

艮! 你六日给我的信已收到,表妹我预先托她,她同我实在是要好的。

你信写得长,可以看许多时候,我喜欢。不过信,总有读完的时候,还是不满足。

每天早晨,六点到七点半,我常常独自一个人站在凉台上,你可以来看我,也给我看看么? 自然,打招呼是不行的。

此刻夜已很深,远远听着呜呜的汽笛声,我禁不住想念你。亲爱的! 现在你一定在疲乏后的甜梦里了;你梦到些什么? 我真想来看看一声不响睡着的你吓!

狠心的妈不让爸有一点喜欢我,用着种种手段离间我们,好像要消灭了我才甘心。

父亲爱她,听她的话。前天他们在商量,想不再给我进学校,只叫我读些书,写写字,准备着……赶快同谁订婚,当然要由他作主,或者就……听了这种话,我一刻也不愿意留下去了。祝好！你的青，八月七夜。

※   ※   ※

艮！昨夜梦见你：你来看我，已经跨进门来了，正在向秋桂探问我；我从窗缝里张望，看得清清楚楚，可是不能够出来招待你，心里一急，我就惊醒了。月光照得正猛，多美丽的夜吓！我很想起身站到凉台上面去，望望你家的屋顶；怕得被人说发狂，不便实行。今天一早站到凉台上去，正在想你，你果然来了，多高兴吓！你一跨上桥，我就远远的望见。你好像比放假以前瘦了点，假期生活也过不适意么？在转弯过去的时候，你在回头探望我，我是看到的。当你一步步的走近来，经过凉台的旁边的几分钟，我是兴奋得发抖了呢！

你看到了么：我的手上捏着你寄给我的两封信？因为我要怀着刚见到的你的印象看看刚由你写下来的字句，可以觉得接近些。这时爸妈都远睡在床上，秋桂正忙于汲水烧茶，也是个重看遍信的好机会。如果这封信已经收到，明后天再来，跨过桥时，你就擎起一双手来作为暗号，勿忘记。祝快乐！你的青，八月十夜。

※   ※   ※

艮！昨天给一个朋友送结婚的礼物，我特地留下一支鲜花来，自然是暗做的，打算从凉台上丢给你，使你高兴一下。不料你没有走近来，远远的绕了个圈子，就顾自

231

陋俗与恶习

随笔

回转去了。大概你怕得被人看穿,事后我才觉到,楼下的门窗扇扇都开着。当初不曾注意关上,后悔是来不及的了。

黄昏我被教训了一番,什么"大人的话不会错",什么"女人总当安分些"!什么"如果不听话,对付的办法,早就一步步的决定好了"。足足有两个钟头,说来说去总是这么一套。我拼命想听,终于听不进去。

你十二给我的信,今天——其实当说昨天,此刻已经半夜过,总之是午前收到的。

刚给了你手帕,还要什么"亲身物","头发指甲都好";偏偏一样也不给你,让你着急,要你气死。你会生气。你要骂人么?如果当面骂我,我要动手打你,还是趁早在信上多骂几句罢,要不要?

什么"握着手真甜蜜吓!"什么"眼睛圆大得好看吓!"真要笑断我的肚肠了!还有什么呢?你这坏透了的东西!

你给我的信,有时因为没有机会,不曾从头到尾看完一遍的也有。但我猜得着,你写的是些什么。而且我仍然要你给我写长信,愈长愈好!

刚打过两点钟,这时你是醒着,还是睡熟了呢?

你猜得着么,昨天晚上我吃了些什么点心,现在穿着什么衣服?

照爸妈说的话,明天下半昼他们要到公园里去拍照,自然我也去,你来么!

祝你做一个怕人的梦! 你的×(你自己写上),八月十四夜。

※   ※   ※

艮! 恐怕这是最后一次在床上给你写的信了,父亲明天一早就要上车去,不知道什么时候再回来。我又得同妈一道睡;她是容易惊醒的,决不让我这样躺着写。

昨天我们到公园时还只两点钟,出来已经四点半,怎么见不到你呢! 你病了么? 我是时刻担心着你有意外的呢! 你是实在没有来,还是因为跟得太远,我看不到呢?

“嫁个富人”,“西洋留学生”,他们常常这么说。可是妈,因为这次爸仍然不让她跟着去,又在怨我了,说我拖累了她,害了她。她同表妹说:“最好你的表姊——就是我,一去不回来,我决不去找她,有人问起,说她逃走好了。”

这是她的毒计吓!

我是做着她的眼中钉。我快闷死了,真想当即跳出这个囚笼。我打算乘机冒个险,大胆逃出来,你能够不顾一切的陪着我走么? 亲爱的,我当且先到你里,再慢慢的商量办法,好么?

现在已经四点多,再一会儿天就要亮了,天天等天

233

陋俗与恶习

亮,真不容易呢!当即给我回信。祝勇敢!你的青,八月十六晨。

※　　　　　※　　　　　※

艮!此刻妈独自出去了,房间里只剩得我一个人,倒安静。你十八写给我的回信前天才收到,父亲一走,表妹不好再多来,妈对于她,也是监视得很紧的。

你总老是这样,不哭也不笑。你叫我姑且自己安慰自己;但我可以拿什么来安慰我呢?有些时候,我翻阅你写给我的那些信,有着许多封,——为着这些个,我常常着急得要命,当他们来打开箱子看看的时候。长篇大页的都是热烈的情话,觉得有爱,我曾经许多回感到安慰过。我知道,你是在爱我,每次每次,你都对我表示得很忠诚,非常的热情,使得我的心头,拍拍的跳个不了。

但是,事实又告诉了我,你不能够就把我留住,免得发生法律问题。你的名誉一破坏,我就不能再从靠你着想,这是不能算错的。不过这个不能算错,于我并无好处。"羽毛未丰",自然,你还不能够随便去漂流。你叫我忍耐下去,这也不能算错;只是这个不能算错,于我也无好处。

我已仔仔细细的想过,当在等候天亮的时候;参考了许多耳闻目见的事实,和书上的纪载,我已得到了个结论,就是:

234

情爱假使万能，金钱当是万万能！

信不信由你；无论什么人，什么事，本来都很容易解决，一牵连到经济问题，总是结果好的少。

既然你也还是经济不能够独立，那末，我们实在还是就此断绝了好；请你不要再写信给我，反正表妹已同母亲闹僵，不能再给我们传递，我也不愿意再在不即不离中勉强维持下去。别了！青，九月 1 日。

载《逸经》第 29 期(1937 年 5 月 5 日出版)

陋俗与恶习

随笔

"世界变了!"

冰　莹①

一　侄女的情书

也不知从什么话题说起,妈突然告诉我一个吃惊的消息。"素芳和她的'男人公'通信了!"

"男人公",是我乡的俗话,就是"男子"的意思,但如果说某人的男人公,那就含有"丈夫"的意义了。

素芳是我的第一个侄女,也就是大哥的女儿,在五年前便死去了母亲,今年才十六岁,可是她快要做人家的

────────

① 即谢冰莹。

妻了。

一想到这样老实、害羞的素芳,谁也不会相信她会和未婚夫通起信来,尤其令我奇怪的是,古板的母亲怎么在说"素芳和她的'男人公'通信了"那句话时,竟这样满不在乎,而且嘴角上还挂着自然的微笑呢?

"写些什么东西? 我倒要看看。"

我笑着对母亲说,她用嘴往睡房一呶,我立刻领会了她的意思,将素芳叫了出来。

"什么事? 姑姑。"

"你把你'新郎公'的信给我看看。"

两朵玫瑰色的红霞,涌在她的两颊,她低下头走进房里去了,我后悔刚才不该那么大声大气的说,而且又当着母亲面前,如果她不肯把信拿出来,怎么办呢?

"妈,他们通过几次信了,是谁先写的?"

我轻轻地问。

"有好几次了,自然是男的先写来。"

真不相信十六岁的少女,连一点忸怩的态度都没有,她居然把一封厚厚的信递到我的手里了。

"素芳,亲爱的妹妹!"

一看称呼,就知道这孩子原来还是个"摩登",我的脸上也浮出笑容来了,来不及看素芳这时的表情,我连忙一个字一个字的仔细看下去:

"我已答应父母明年结婚,如果你硬不肯,不是使我为难吗?我如果反对父母,他们虽然莫可如何,但我已不是孝子,而且岂不是灭了五伦吗?……"

看到这里,我的头不知不觉地摇了几下,心里在想:这信不但文字欠通,而且思想也一塌糊涂,再往下看,"……试问结婚与未结婚有什么不同呢?好妹妹,你答应了我吧!"

这几句骗孩子的话,更令我好笑了,然而我极力压制着,无论如何,不让笑声发出来。

"结婚与未结婚当然不同。"

上帝,险些儿我这样叫出来了,还好,一直看到"你哥定尔草,十月三日"为止,我始终忍住了梗在喉间的笑声没有爆发。

"信写得怎样?"

母亲问这句话时,她两眼望着素芳。

"字写得很好,话也不错。妈,他还是个孝子呢。"

说到"孝子"二字,我把声音特别提高,母亲很得意地笑了。

"好的,孝子是好的。"

"妈,他明年非娶素芳不可,你知道吗?"我故意提醒母亲,斜过脸来望望素芳,她仍然低着头,但两颊没有刚才的红了。

"明年结婚很好,女子终是别人家的,何况素芳也不小了。"

我不能再往下说了,昨天刚回来,今天如果就和她捣乱,未免太不近人情,我连忙转了个话题:

"素,听说他写了好几封信给你,为什么只给我这看?"

"都没有了,只有这一封!"

她像很不耐烦地回答着。

"为什么没有了?"

"撕的撕了,烧的烧了!"

"我不信,素,你再去拿一封来。"

我简直在恳求她,母亲也帮着说:

"都给你姑看看,有什么关系?"

"真的没有了,这封信都给她看了,难道别的不能吗?"

她认真地说着,但无论如何也不相信她收着的只有这一封。

"素,好孩子,你再去拿一封来,真的,我只要再看一封就得了。"

我的语气越来越温柔,说得过火一点,简直在哀求她。

像燕子似的,她轻轻地走进房里去了,我想悄悄地跟

陋俗与恶习

随笔

在她的后面走去,看她藏情书的地方究竟是枕头底下还是箱子里?但又怕她一回头看见了我会要生气,而且信也许再看不到了,还是不去的好。

又是三张写毛笔字的信笺落在我的手心里,看字迹这封信比前一封更好,小小的字是那么匀整,秀丽,活泼。语句似乎也比前封要流利得多,思想也进步了。

"……我是主张男子应有高深的学问,女子也应有高深的学问,我自然不反对你读书,明年春天你就进学校吧,这时你在家里侍奉祖父母,也要常常温习功课……"

看完了信,除了有两个怎么的"怎"字误成"总"字外,其余倒没有什么错误,最有趣的,是他嘱咐素芳下次写信千万要把称呼改掉,不应该写"友",不要用铅笔写。我想问她,"你的回信是不是写:'我的亲爱的哥哥'",可是因母亲在旁边,而她也一定不肯说实话的,只好算了。

我把信折好插进封里去慎重地交给她,立刻她又走进房里去了。

"信,都是我先看过了的,那孩子写的还不错,只是有一次他说要离婚,我把他大骂了一顿!"

后面两句话,妈简直用最低的声音在说,好像生怕别人听到似的,说时,她故意伸出头来望着我,但又用手指了一下房门,这有点弄得我莫名其妙?

"他写信来说要离婚吗?"

我也移过身子去,轻轻地问她。

"不!是芳写信去要离婚。"

"喝?"

正在这时,素芳出来了,我两眼紧紧地盯着她看,真想不到平日这么温柔老实而又思想守旧的她,会提出离婚的口号。我想拉着她到外面散步去,问她对于自己的婚姻究竟取什么态度。恰好这时,她有事匆匆地走出去了。

"妈,你怎么允许他们通信呢?"

我故意带着讥讽的口吻问她。

"没法子。世界变了,他们要通信,就让他(们)通吧。"

二 黄花女与私生子

将吃中饭的时候,突然来了两个我不认识的男客,那位脸部圆胖,看来只有二十多岁的青年,手里提着一只篮子,进门便笑嘻嘻地对母亲说:

"这是一点礼物送给你老人家,请不嫌弃收下。"

另一个中年男子,黄瘦的脸,满嘴胡须,跟在青年的后面,默默地一声不响,望到凳,一屁股便坐下了。脸上没有半点表情。我想他也许是刚害过什么病来的,否则怎么这样没有精神呢?

三嫂刚给客人倒了茶,妈就吩咐她赶快去烫酒,煮菜,我知道客人是会被留着吃饭的了,在和那个青年说完了几句应酬话后,便悄悄地溜到睡房来看书。

妈在滔滔不绝地和青年谈着什么,听声音是有几分异乎寻常的谈话的,有时青年叹息着,有时妈说着:"不要着急,是非终有水落石出的一天。"我想他们一定在谈着什么打官司一类的话,但是奇怪,自从他们进来一直到吃完酒饭为止,至少都有一小时的停留,始终没有听到那个中年男子开口说话,起初我以为也许他的声音太小,我在里房听不到,然而房门明明是开着的;也许那人是哑子,但又有点不像,为着好奇心的驱使,我终于跑出去想看它一个究竟。

他们已吃好饭了,三嫂又端上两杯茶来,那个满嘴胡子的中年客人,突然起身走了。青年端着茶杯喝了几口,就立起身来告辞,妈一面说着"再坐坐"的挽留话,一面叫三嫂把篮子提出来交给青年。起初是两个客人进门的,走时却只见一个了,这真有点奇怪。"妈,怎么那个蠢保似的客人,不告辞就走了呢?"

青年刚走出大门,我就这样大声地问她。

"不要看他的样子傻头傻脑,人不像人,鬼不像鬼,他还偷着黄花女呢? 哈哈!"黄花女就是处女,在整个被封建势力支配着的故乡,如果发现有黄花女或者寡妇偷人,族上的父老是非置她于死地不可的,我正在惊讶着又有一条活跃跃的生命将处死刑时,母亲又在接着说话了:

"偷的承阶嫂的媳妇,养了一个私崽,现在正在县里打官司。"

"承阶嫂的媳妇!那怎么是黄花女呢?"

我怀疑地问她。

"还没有娶过来的。"

"哦……"

"听说那黄花女的野男人还不止这位胡子,"三嫂连忙插进来说:"屋子里常常坐得满满的,生孩子的那晚,她还大声地叫着:'爹爹,你快来呀,我的肚子痛死了,这都是你害我的。"

"怎么?肚子痛喊爹爹,是他害的?这样说,那孩子岂不是……"

我更惊讶起来了。

三嫂没有回答,她正在笑弯了腰,东倒西歪地抬不起头来。

"谁知道私崽是哪个的!"

母亲说着,她也哈哈地大笑起来,两只眼睛里,充满了水汪汪的泪珠。

"那女子有娘吗?"

陋俗与恶习

随笔

"娘是个呆子，什么事都不懂的。"

三嫂的笑声还没有停止。

"那么承阶嫂还要那个媳妇吗？"

"要的，她今年就要娶过来呢。"

妈用严重的眼光望着我，我笑了一笑。

"为什么不和别人打官司，偏偏找着胡子呢？"

我像法官似的详细询问起来了。

"别人狡猾，都不肯承认，胡子太老实，又是个抚子①，所以欺负他。"

"我看他那副样子，决不会做出那么风流的事来。"

我无端地做了胡子的义务律师，替他辩护。

"是呀！他在衙门里，应该誓死不承认，他应该说：'大老爷，你看这副奇丑不堪的样子，怎么会偷起黄——花——女——来呢？'"后面几个字，妈是在笑声里断断续续地发出来的。"世界变了呢，妈！"

我学着她平日说话的腔调打趣着说。"可不是吗？世界真的变了，黄花女也居然养起私崽来！"

一九三六，十一月三十于守园。

载《逸经》第 22 期(1937 年 1 月 20 日出版)

---

① 抚子即过了房的意思。

唐都长安的牡丹狂

胡行之

帝城春欲暮，喧喧车马渡。共道牡丹时，相随买花去。贵贱常无价，酬直看花数。灼灼百朵红，戋戋五束素。上张幄幕庇，旁织笆篱护。洒水复封泥，移来色如故。家家为习俗，人人迷不悟。有一田舍翁，偶来买花处。低头独长叹，此叹无人谕。一丛深色花，十户中人赋。

——白居易《秦中吟》十首之一《买花》

一

唐代爱牡丹的风尚甚著。尤其在首都长安，其风比别处为甚。即王叡之所谓"牡丹浓艳乱人心，一国如狂不

陋俗与恶习

随笔

惜金",大有个个人欲死在牡丹花下的样子。可知在当时赏鉴牡丹之风之盛,不独长安如是;不过帝城的住民对此花之爱,尤为显著罢了。在杏园①春色,在曲池稍归闲寂之时,长安的市民,还是举都都在爱着这牡丹花。原是,在宫中自栽有几多名花,供帝王宫嫔之鉴赏。如在天宝年间,沈香亭北之牡丹的故事,为很有名的。文宗时皇帝在暮春内殿赏牡丹花,也有问着侍臣"今京邑之人,传牡丹花者,谁为首出"②的事情。至于权豪的家里,当然也是穷奢极侈的在爱玩着这名花。即如杨国忠,自玄宗赐给他牡丹数本植于家,传有"以百宝装饰栏楣,虽帝宫之内有所不及"③的记载。同时他且"以沈香亭为阁,以檀香为栏,以麝香乳香筛土,和为泥以饰壁。每于春时,在木芍药④(牡丹)盛开之际,聚宾客于此阁上赏花。禁中之沉香亭,远不及此壮丽⑤,即得窥见一端了。但重牡丹之风,不独只在王侯将相之间,全体市民都沉醉于这里面。

二

长安牡丹的花期,以三月十五日⑥为中心,前后约二十日间。所谓如白氏之有"花开花落二十日,一城之人皆如狂",徐凝之"三条九陌花时节,万马千车看牡丹"之咏;又有"花开时节动京城"⑦之思,"长安牡丹开,绣毂辗晴雷"⑧之歌，而在都市的各街路，又有"牡丹花际六街尘"⑨的景象，真可见这时节之热闹了。而徐夤《咏牡丹花》有说"看遍花无胜此花"、"万万花中第一流"，怪不得要生出白氏所讽之"一丛深色花，十户中人赋"的现象来了。于是柳浑有"近时奈何无牡丹，数十千钱买一窠"之叹，李肇在《唐国史补》里有说："京城贵游尚牡丹三十余年矣，每春暮，车马若狂，以不耽玩为耻，执金吾铺官围外，寺观种以求利，一本有值数万者。"此花之名贵可知。长安仕女，在春时常有斗花之举，戴插奇花，竟以夸胜，在《开元天宝遗事》卷下"斗花"条有载："皆以于金市名花，植庭苑中，以备春时之斗"，必然的花价之昂贵，是无足奇异的了。

三

长安城中牡丹的名所，不止二三。但最有名的，在街东，为晋昌坊之兹恩寺；在街西，为延康坊之西明寺。尤其是西明寺之牡丹，据说为有唐一代，最脍炙人口的。慈恩寺之子院元果院之花，其大冠于京中诸家，且先半月开，同时在太真院的，其花比诸牡丹后开半月⑩，以供每春都人最后之赏玩。西明寺的牡丹，诸家题咏甚多，如欲一一引记，不胜其烦。如白乐天之《西明寺牡丹花时忆元九》、《重题西明寺牡丹》，元稹之《西明寺牡丹》等，皆其著

247

陋俗与恶习

随笔

者；除上两寺外，在街东尚有靖安坊之崇敬寺，其北，永乐坊之永寿寺，离曲池不远的在修政坊之宗正寺的亭子（宗正寺不是佛寺，乃是九寺之一的宫衙）等。在街西则有长寿坊之永泰寺（后改万寿寺），永达坊度支部之亭子等。崇敬寺境内的牡丹，为一般所相当重视，散见于诗句的不少，又小说《霍小玉传》里，也有记载着小玉之旧情人李益，与同辈数人赏玩牡丹之事。至于个人的邸宅，则以街东之北部，大宁坊浑瑊之家①，荐福寺邻近开化坊内的令狐楚之家"②，都可称为专以牡丹著名的大宅。

四

当时都人所专赏的花，似为红紫两种，白色的似为一般所不大看重的。白氏《白牡丹》里所谓"白花冷澹无人爱"者是。卢纶诗有说："门安豪贵惜春残，争玩街西紫牡丹"，似可见白牡丹未为人所重，而紫牡丹却特别为人所爱的了。花自以大为贵，所以刘禹锡《浑侍中宅牡丹》一首有云"径尺千余朵，人间有此花"，而徐夤自当说"能狂绮陌千金子，也惑朱门万户侯"了。又徐夤诗还有说"破却长安十万家"，可知此时之牡丹狂，为任何所不及，虽则词句之间未免是夸张过实的③。此种奢侈之风，自促人心颓废，唐朝结末之衰，也不能说是无因的吧？牡丹为唐一代之花,因题咏与赏玩之盛,似为中国之花王,同时也得考见当时文化之一面相。我们常闻见说"牡丹花下死,做鬼也风流",唐代的命运,就随着牡丹花下而去了。

牡丹芳,牡丹芳,黄金蕊绽红玉房。

千片赤英霞烂烂,百枝绛焰灯煌煌,

照地初开锦绣段,当风不结兰麝囊。

仙人琪树白无色,王母桃花小不香。

宿露轻盈泛紫艳,朝阳照耀生红光。

红紫二色间深浅,向背万态随低昂。

……

遂教王公与卿相,游花冠盖日相望。

庳车轻舆贵公子,香衫细马豪家郎。

卫公宅静闭东院,西明寺深开北廊。

戏蝶双舞看人久,残莺一声春日长。

……

——白居易《新乐府》三十首之一《牡丹芳》

附注

①杏园在慈恩寺之南,通善坊之中,与其东之曲江,共为长安城之胜区。(据《长安志》卷八)

②见钱易《南部新书》。

③见《开元天宝遗事》,"百宝栏"条。

249

陋俗与恶习

随笔

④关于牡丹称为木芍药,可参看《通志》略中之"草木略"。

⑤见《天宝遗事》,"四香阁"条。

⑥见《南部新书》丁。

⑦刘禹锡赏牡丹,有"唯有牡丹真国色,花卉时节动帝城"之句。

⑧崔道融《长安春内》之句。

⑨徐夤《忆荐福寺南院》中之句。

⑩见《南部新书》及《剧谈录》下。

⑪见《长安志》卷八,及《唐书·浑瑊传》。

⑫见《长安志》卷七。

⑬中唐张又新牡丹诗也有说;"牡丹一朵值千金,将谓从来色最深;今日满栏开似雪,一生辜负看花心。"

载《逸经》第 7 期(1936 年 6 月 5 日出版)

关于"柳"的故实的演变

孟　晖

以柳和人合写，在六朝乐府上有折杨柳、折杨柳歌辞、折杨柳枝歌、折杨柳行；到了唐朝的杨柳枝，歌辞更多，内容更丰富，其中最著名的：

第一是韩翊和柳氏的故事。据《太平广记》：韩翊字君平，有友人每将妙妓柳氏至其居，窥韩所与往还皆名人，必不久贫贱，许配之。未几韩从辟淄青，置柳都下。三岁寄以词："章台柳，章台柳，昔日青青今在否？（'昔日青青'，《全唐诗》及《历代诗余》作'往日依依'。）纵使长条似旧垂，也应攀折他人手。"柳答以词："杨柳枝，芳菲节。可恨年年赠离别。一夜随风忽报秋，（'夜'，《历代诗余》作'叶'。）纵使君来岂堪折。"后为番将沙叱利所劫，有虞侯许俊诈取得之，诏归韩。

第二是白居易和樊素小蛮的故事。《乐府诗集》(卷八一)《杨柳枝》小序：

《杨柳枝》，白居易洛中所制也。本事诗曰：白，尚书有妓樊素善歌，小蛮善舞，尝为诗曰："樱桃樊素口，杨柳小蛮腰。"年既高迈，而小蛮方丰艳，乃作《杨柳枝》以托意曰："一树春风万万枝，嫩于金色软于丝。永丰西角荒园里，尽日无人属阿谁？"（按首两句，《乐府诗集》未引）。

及宣宗朝，国乐唱是辞，帝问谁辞？永丰在何处？左右具以对。时永丰坊西南角园中有垂柳一株，柔条极茂，因东使命取西枝植于禁中，居易感上知名，且好尚风雅。又作辞一章云："一树衰残委泥土，双枝荣耀植天庭；定知玄象今春后，柳宿光中添两星。"（按首两句，《乐府诗集》未引）。

河南卢(贞)尹时亦继和，薛能曰："《杨柳枝》者，古题所谓折杨柳也。"乾符(僖宗)五年，能为许州刺史，饮酣，令部妓少女作杨柳枝健舞，复赋其辞为杨柳枝新声云。

居易《别柳枝诗》："明日放归归去后，世间应不要春风。"他还有《杨柳枝》二十韵，不能忘情吟及杨柳枝等作，都是为樊蛮和他妓写的。

第三,就要推欧阳修和张氏(?)了。据《钱氏私志》:欧阳修在河南推官任时,在钱惟演幕中,亲一妓,为作"柳外轻雷池上雨"的《临江仙》词,书中记张氏一案云:欧后为人言其盗甥,表云:"丧厥夫而无托,携孤女以来归。"张氏此时,年方七岁(按《词苑》引王铚《默记》作十岁),内翰伯钱口口(按《词苑》引王铚《默记》作"钱穆父")见而笑云:"年七岁正是学簸钱时也。"欧词云:

> 江南柳,叶小未成阴(荫)。人为丝轻那忍折,莺怜枝嫩不胜吟。留取待春深。

> 十四五,闲抱琵琶寻。堂上簸钱堂下走,恁时相见已留心。何况到如今。

钱涵引的词为《忆江南》,今集中不收,但欧词多被后人删削,罗泌曾恺删去不少,以今所存的看来,此词大概不是伪造的。此词虽然不一定是为张氏作的,但今所存的词如《南歌子》:

> 凤髻金泥带,龙纹玉掌梳。走来窗下笑相扶,爱道画眉深浅入时无?

> 弄笔偎人久,描花试手初。等闲妨了绣工夫,笑问双鸳鸯字怎生书?

也是写一个很放浪而讨人喜欢的女孩子,此女子确不是妓女,乃是住在他家的,大概张氏一案不全出于无因。

这篇短文写了以后，余兴未尽，感韩白欧三公艳事，想象当年情景，杂取旧句戏成一绝：

　　春月楼中别柳枝，秋风红豆寄相思；

　　此生自断天休问，风月何时是尽时？

载《逸经》第 9 期(1936 年 7 月 5 日出版)

果　足

冯沅君

"**果**足"是宋元间的一种俗语,《五代史评话》及《宣和遗事》中均有之。例如:

黄巢看了这首诗,道是:"详诗中意义,是教咱每去投奔王仙芝也(那时王仙芝在曹、濮、郓三州作乱)。曹州是咱每乡故,待奔归去,又没果足,怎生去得?"(《新编五代梁史平话》卷上)

那朱温听得恁地,说道是:"贺喜哥哥! 射雁得诗,分明是教取哥哥行这一条活路。便无果足,又做商量。……"(同上)

说话里,只见来存出来道:"咱有一个计策,讨得几贯钱赠哥哥果足归去。……"(同上)

那杨志为等孙立不来,又值雪天,旅涂贫困,缺

少果足,未免将一口宝刀出市货卖。(《新刊大宋宣和遗事元集》)

"果足"又作"裹足",见《永乐大典》所录的戏文《张协状元》。例如:

> 如今去时没裹足,怎对付?

> 是没裹足,婆婆相助。

> 裹足全无,怎生底回故里?

这两个字的意义,就我个人推测,应该是相当于川资、路费、盘缠。第一个证据是:

> 当时来温笑道:"哥哥好说大话!您而今要奔乡故,尚无盘缠,几时得到富贵相忘时节?"(《新编五代梁史平话》卷上)

> 说话里,只见朱存出来道:"咱们有一个计策。……只要兄弟每大家出些气力。探听得这里不远二十里有个村庄,唤做侯家庄,有个庄主唤做马评事,家财巨万,黄金白银不计其数。咱兄弟每到二更时分,打开他门,将他库藏中金帛劫掠与哥哥做路费归去,怎不容易?"(同上)

这两段五代史平话与前面所引者实共叙一事:黄巢下第后,路上缺少盘费,暂时寄居在朱温家里。一天他与朱温弟兄在野射雁,雁落下来,口中衔了一张纸,纸上是四句诗,教黄巢往投王仙芝。黄巢因无路费很踌躇,朱存便替他想了个劫取金帛做路费的计策。看他们时言盘缠，时言路费，时言"果足"，可知三语实指一物。第二个证据是：《宣和遗事》所写的杨志卖刀又见于《水浒》第十一回。《水浒》说：

> 在客店里又住几日，盘缠都使尽了。杨志寻思道："却是怎地好？只有祖上留下这口宝刀从来跟着洒家，如今事急无措，只得拿去街上货卖得千百贯钱钞，好做盘缠，投往他处安身。"

拿这段《水浒》与前面引的《宣和遗事》对看，则后者中的"盘缠"恰是前者中的"果足"的注脚。第三个证据是：在《张协状元》内，叙及张协欲赴京应试而苦无川资时也是盘缠与"裹足"互用。例如：

> （合）身荣那时也争得气，没裹足如便得身会起？（旦唱，《孝顺歌》）奴愁闷，又遇君，思之两口直恁贫！君家又无人，奴家又无亲，全然没救兵，去则依然奴还孤冷。（合）怎得盘缠，盘缠到得宸京！

宋元戏剧，小说中的方言，还有不少保存在现代语言里，如"阁落"，如"汤"，如产没包弹"等。"果足"呢，在现代语言里似乎已经没有地位了。

载《逸经》第 28 期（1937 年 4 月 20 日出版）

陌俗与恶习

随笔

马虎考

李　铭

現在普通话叫"不认真"、"不清楚"做"麻糊"，也有写做"蛮糊"，"麻麻糊糊"也有作"马马虎虎"。按《庄子·说剑篇》"剑士皆逢头特髻，垂冠曼胡之缨"，陆德明音义引司马彪云："曼胡之缨，谓粗缨无文理也。""曼胡"正是"蛮糊"之意。说剑至少是晋以前之作。是至少那时已有此语，"曼胡"二字一词，完全表音。"曼胡"后有转为"模糊"。杜甫《戏为花卿歌旷子意髑髅血模糊》。"曼"、"模"双声相转。"模"，从"莫"得声。从"莫"字有转为 Ma 的，如"蟆"与"麻"同音。Man，Ma，Mu 都是一音之转。如此看来，此语应写作"曼胡"。"模糊"也不过表音，后人有一概作米旁（糢糊），不过要他形状整齐。白居易诗作"漫糊"（《阳明洞天诗》"苔壁锦漫糊"），音更近古，其实不过变纯粹表声字为形声字罢了。

"曼胡"二字又有别的意义。《方言》："凡戟而无刃，……吴、扬之间谓之戈，东齐、秦、晋之间谓其大者曰镘胡"。《周礼·考工记》："戈，广二寸，……是故倨句外博。"郑注："俗谓之曼胡，似此。"贾疏云："'俗谓之曼胡似此'者：由胡外广而本宽曼胡然，俗呼为曼胡，似此经所云者也。"由此可知"曼胡"是广大之貌；"镘"即"曼"，不过加"金"旁使成形声字罢了，《释名·释饮食》："胡饼；作之大漫恒也"。毕氏疏证云："《说文》无'漫'字。此当作'满胡'。案郑意《周礼·鳖人》云：'互物'，谓有甲满胡，龟鳖之属。则满胡乃外甲两面周围蒙合之状。胡饼之形似之故取名也"。今案毕说近是，但立义太狭。《说文·两部》"满，平也……读若'蛮'"。《广韵》"胡"，"户胡"切；"互"、"冱"，"胡误"切。是"、胡"、"互"、"冱"三字声纽都相同；此纽与隋唐以前的音相同。"胡"、"互"古韵部又相同，"曼"、"满"，声韵也都相同。所以"曼胡"、"满胡"、"漫冱"，止是一个话。"曼胡"本义是平而大，凡平而大者，其中多欠明画的分界，因而引伸〔申〕为文理不分明之意；《庄子》"曼胡之缨"之"曼胡"，即用后一义。《庄子》此篇，文体卑近，至早不过东汉末的人所作。大约这话见于古书，以《方言》之"镘胡"为最古。杜甫诗的"模糊"，白居易诗的"漫糊"都是后起的写法了。

陋俗与恶习

随笔

《通俗编·状貌篇》：

《朝野佥载》：石勒以麻秋为帅。秋，胡人，暴戾好杀，国人畏之。市有儿啼，母辄恐之曰，"麻胡来！"啼声遽绝，至今以为故事。《大业拾遗记》：炀帝将幸江都，令将军麻胡濬河。胡虐用其民，百姓惴栗，常呼其名以恐小儿：或夜啼不止，呼"麻胡来"，应声止。《资暇录》名，"祜"，转"祜"为"胡"。《杨公谈苑》：冯晖为露武节徒正度)使，有威名，羌戎畏服。号麻胡，以其面有黶子也。《野客丛书》引《会稽录》：会稽有鬼号麻胡，好食小儿脑，遂以恐小儿。（按）数说各殊，未定一是。今但以形状丑驳，视不分明曰麻胡而转"胡"音若"呼"。（铭按此二字今音无异：但著《通俗篇》的翟灏当时对这两字的读音必有不同，故这样说。）

这是以为不清楚乏"麻胡"起源由于人（或鬼）的专名。但今人所谓"麻胡"不专指状貌；一切不分明，都可以用。可知此语实出于汉世，不是由专名来的。《炀帝开河记》说麻叔谋漕河。陶榔儿以祖父茔域傍河道，怕他发掘，偷他人的三四岁的小孩子，杀了，去了头脚，蒸熟，献给叔谋。叔谋以为可口，"召诘榔儿，榔儿乘醉泄其事"。因此叔谋就常食小儿。这与《大业拾遗记》所载小异，大约都是传闻之辞，而又加以附会，以解释"麻胡"一语的。

《梦华录》云："自十二月，即有贫者三数人为一伙，装妇人神鬼，敲锣击鼓，巡门乞钱，俗呼为'打夜胡'。"又《云麓漫钞》谓岁将除，乡人相率为傩，俚语谓之"打野胡"。野胡，夜胡，盖亦指麻胡。此语传入满洲，满人因称假面为"玛呼"（见《大清一统志兴京》）。世人所云"装玛呼"者，即装假面，亦即装鬼脸之意。盖又由满语而传入汉语中。又辗转讹变而谓装糊涂为"装玛呼"，遂混"玛呼"与"模糊"为一，而"模模糊糊"，亦作"马马虎虎"矣。

载《逸经》第 9 期(1936 年 7 月 5 日出版)

陋俗与恶习

随笔

谈 扇

张银涛

扇子之应用,始于很早的时候,从古代的著作中看来,约在晋代之前(有说殷代已有雉羽扇使用)。但传至如今,它的形式,没有多大的变迁,最普通的:约有纨扇、摺扇、羽扇、蒲葵扇、芭蕉扇等种。这几种的扇子,所使用的主人各不相同;各有各的典型,分析说来,倒有意味,实现时豆棚架下最应时之凉话呢!

一 扇子的种类

纨扇:一名团扇,约始于汉代之前,以轻细的纱绢制成,绘以山水,雅致异常,江淹诗云:"绵扇如团月,出自机中素。"可见纨扇圆形,故又名团扇。这种扇子,为古代的宫女与贵族的女子最所喜用。现在也有些女子喜用之。她们使用此扇，决不同短衫之辈用以取风除汗。她们的目的，在于装饰，或以蔽丑，或以撒娇，或以戏弄，好像都市中的时髦女子出外时，手中总要拿个手皮包以装门面。由此可见纨扇古时受妇女尊重之情形。近人所作之纨扇诗中云："织就蟾纱薄，蒲葵样不同；清风生袖底，皓月落怀中。"可见纨扇制造之讲究，与粗俗之蒲扇实在是有天渊之别。纨扇好像北平的少奶奶，蒲扇则似三家村的老妈子了。

摺扇：一名聚头扇，以细竹和皮纸制成；该扇在宋时已有，但不普遍，到了元代以后，才可称盛行。《云麓漫钞》中云："元时高丽以此充贡，明永乐间始行中国，宣德时，李昭以制扇著名。……"但至现在，摺扇变为民间最流行的扇子：色样是很多，使用很便利。这种扇子，除了我们常用外，在戏剧的表演术上，也有很大的用处，小生、小丑、花脸等脚色，常以摺扇做各种不同的表情之器。但各人表演各不相同：小生执扇，微微拂拂，以寄情怀；小丑执扇，摇摇摆摆，以示狡狯，花脸执扇，威威武武，以表凶恶。至于坤角执扇，则较稀少，因为坤角已有手帕表情矣。

羽扇：以禽类之羽毛制成，以鹰、鹅、雕之毛编制者最为普遍。该扇据《古今注》云，始于殷高宗时，但至三国以后，才算盛行，以广州及吴兴出产的最著。其所使用者，多为都市中的歌女，但在乡村中，则为一般妇女们所必需。她们用扇的原意，不在取凉，而在玩弄，以为羽扇是夏天最应时之装饰品。她们每与异性谈话，凡至倾心时，都娇娇的把羽扇遮住了自己得意之笑容，伪装娇羞，或低头静默，以手抚摸扇头上的羽毛，假做思状。歌女立在唱台，戏玩扇子，用以撒娇。但是，男人们喜用羽扇者也有一二，古时名人，用者较多，例如三国时的诸葛亮，随时随地都要执着羽扇，有时，还以羽扇临阵指挥军队呢。所以《水浒传》①中有"诸葛亮捉白羽扇，指挥三军"之言，可见诸葛亮之如何爱好羽扇，且把它做为军事上的指挥刀使用，真是稀奇而且是多么风雅之事呀。

蒲葵扇：简称蒲扇，以葵叶制成，为广东新会的特产，形做圆状，这是一种最普通的扇子，南北西东，皆甚流行。因为价值便宜，且质耐用，每逢夏间，在都市的茶馆之中，或在乡间的豆棚之下，一般有闲阶级或短衫朋友们，都聚在那里，拂着蒲扇，蟠着双脚，露着胸臂，喝着清茶；说些唐虞，道些古风，唱歌哼调，各种情色，都从蒲扇的拂荡中表现出来。但是，也有许多文人画士倒喜用之，他们在深山之中，绿水之畔，对着自然，拂拂蒲扇，别有一种风味。

---

① 疑为《三国演义》之误。

李嘉枯的《竹楼诗》云："傲吏身间笑五侯，西江取竹起高楼，南风不用蒲葵扇，纱帽闲眠对水鸥。"可见隐居安逸的文人们，也是喜用蒲葵扇的。蒲扇很有用处：用至坏时，可做打蚊驱蝇之用，再至破旧，还可做取风生火之用。

芭蕉扇：以芭蕉的纤维制成，略带褐色，异常古雅。原料因产于琉球半岛，故该扇约流行于热带的南方各地，所以我们在北方或中原等地，甚少看见。但在《西游记》中，也有一把芭蕉扇，系翠云山内的芭蕉洞中之女妖铁扇公主所用：备有两把，一是真的，能取风灭火，一是假的，能使火焰冲天。唐僧取经时，路过火焰山，火气炎热，不能通行，即派猴子去借芭蕉扇，但她把假的给他，反使火气愈扇愈热，烧得他们焦头烂额，后来费了许多工夫，用了许多诡计，才把真的芭蕉扇夺来，于是唐僧们就平安的过了那酷热的火焰山。若是真有其事，那把真的芭蕉拿来，可做救火机之用，那末，现代的"消防队"也不必组织了。此外：还有所谓掌扇、松扇、草扇、纸风扇、以至进步到现代所用的"电风扇"，此为例外之物，故不必空费笔墨。

二　诗词中的扇子

扇子，是人人爱好的玩品，在我国古代的诗词中，常

265

陋俗与恶习

随笔

有提及：唐时诗人王昌龄有"奉帚平明秋殿开，且将团扇暂徘徊；玉颜不及寒鸦色，犹带昭阳日影来"之诗，是写宫妃久不见王之苦，只是拿着团扇，做着怅望之徘徊罢了。又如他的《西宫秋怨》中云："芙蓉不及美人妆，水殿风来珠翠香；谁分含啼掩秋扇？空悬明月待君王。"这诗也是描写宫女不见君王之苦况；也可看出扇子是有掩蔽丑态之用。汉成帝时女官班婕妤有"新裂齐纨扇，皎洁如霜雪。裁为合欢扇，团团如明月。出入君怀袖动摇微风发。常恐秋节至，凉飚夺炎热。弃捐箧笥中，恩情中道绝"之作，这是以纨扇来代表自己之不幸，因汉成帝爱了赵飞燕，抛弃了她（班婕妤）而写此诗，以资讽刺。黄山谷有"猩毛束笔鱼网纸，松树织扇清相似。动摇怀袖风雨来，相见僧前落松子"之句，这是描写使用松扇的风味；所谓"松扇"，倒没有看过，大概是以古松针编成的吧。王建有"团扇，团扇，美人半来遮面，玉颜憔悴三年"之词，这是叙述宫妃久不见幸的怨情，同时也可看出女人使用扇子，有些是做蔽丑用的，上面已经说过了。《水浒传》中有"赤日炎炎似火烧，野田禾稻半枯焦；农夫心内如汤煮，公子王孙把扇摇"之诗，这是以扇子来表示贵族们生活之安逸，也可显出贵族们之喜用扇子的风气。在诗词之中，所以有如此之多关于扇子的咏颂，也就是文人们爱用扇子的缘故，这是可证的事实，是很显明的。在古代文学之中，专门述及扇者,也有一二:例如专述羽扇的,有清代书家张燕昌的《羽扇谱》;专歌咏扇子的,有明代诗人杨循吉的《摺扇赋》。但这二作,于普通坊间,是很难能领略到的。

三　戏剧中的扇子

在我国通俗的戏剧之中,有许多以扇子为戏名的,有许多以扇子为剧情的:属于前者有《桃花扇》、《买花扇》、《白纸扇》、《檀香扇》等剧;属于后者有《济公传》、《西游记》、《红楼梦》、《包公案》等等中的情节。

《桃花扇》是部著名的传奇,知道的人很多,著者清人孔尚任,描写明时弘光朝侯方域名妓李香君之事,后因受权贵田之侮,成怒相争,溅血扇面,杨文聪依血之形绘成桃花一枝,故名《桃花扇》。《买花扇》系民间戏剧,没有历史的价值,只描写平民的恋爱而已。某生因买花扇,而与卖扇的少女恋爱起来。该剧在"乱弹班"中,是很流行的。《白纸扇》是部悲剧,叙述一位喜用白纸扇的书生,一日,他在某小姐家中玩,归回时,白纸扇忘了带回,后来小姐因破贞操,以白纸扇为证,诬告系书生所为,使无辜的书生受了重刑之罪;但后来终于水落石出,那位无理之小姐以死刑处分,书生拿回白纸扇,平安的出了冤狱。《檀香扇》系演某帝王,制有檀香扇一把,以云南之檀木为骨,以江浙之绸绫为面；天气愈热，檀木愈香，故很珍贵。该扇若赐给不论谁人，都有使他到处有饭吃，有衣穿，有轿乘之可能。后来帝王把该扇赐给一位忠实之平民了，到了后来，这位平民就成为一位伟大的人物。这剧在都市里少有出演，但在浙瓯一带倒很流行，可称是出最受民众爱护的戏文。

说到以扇子为剧情的戏剧：有《济公传》中的济公得道与《西游记》中的芭蕉扇二戏。至于《红楼梦》中晴雯撕扇，剧节很有趣：一日，晴雯因折破扇骨受责，怏怏不乐，久未发笑；后被宝玉遇见，故意叫她伴浴，不允，叫她进茶，又不允，宝玉见她如此娇怒，不觉痴情复作，就把自己扇子给她，说道："你要撕扇吗？"晴雯也就把扇撕了，后有麝月执扇来，宝玉又把她夺来，再交给晴雯，而且说道："你还要撕吗？"晴雯一看，不觉嘻嘻的笑了起来："我手疲了，明天再来撕吧！"宝玉即道："千金难买一笑，一扇能值几何？"于是晴雯一日之忧，就此消除了。这是一出爱情的昆腔戏。《包拯案》中的斩陈雪梅，不论南北各地，皆很流行。包拯的老师，名叫王延龄，有特制的摺扇一把，大家都是知道的：后来交给落难中的陈雪梅之发妻，令她以该扇为凭，带到陈州去，求见包大人，他一定为你伸冤的，后来包拯见了该扇，原是自己先生之宝物，十分惊异，就竭力帮她之忙，把该案解决了——陈雪梅与发妻破镜重圆。这是京腔中的名剧,情节之悲壮,是十分动听的。假使没有那把特制的摺扇,给她为证,我想包拯替她伸冤断断没有如此容易与努力的。西洋的戏剧中,也有以扇子为名,例如话剧中"少奶奶的扇子",即以珍贵之羽扇来表示女主人少奶奶之性情。

四 扇子的利用

扇子的用处,不仅只在取凉,我们要知道;一般喜用扇子的朋友,都是喜请名人书画,是因白纸的扇子太嫌单调,有些书画写在上面比较来得幽雅。在晋代每至夏间,王右军常有被请题字者包围之势,我想那时民间的扇子,大概多半有王右军之手笔的。后来仿此者很多,有些诗人喜用自己所好的诗词,写在扇上,以表现自己之特性。陆放翁的《初夏杂兴》中云:"老了今朝不用扶,雨后百病一时苏,扇题杜牧《故园赋》,屏对王维《初雪图》。"因为放翁很爱杜牧的作品,所以把他的《故园赋》写在自己的扇面上。中国人最喜模仿古风,以示幽雅,所以传至如今,这种风气,还是依然遗留着。

除此,扇子还有各种意外的用处:在交际场中可做礼物用;在恋爱场中可做寄情用;在商店中可做广告用;有些奇大的扇子,还可做障太阳用呢。《南齐书》中已有说过：“褚渊以腰扇障日。”后至唐时，又有宋之问的诗中云：“且握青纨扇，时将日影遮”。由此看来，可见扇子实有障蔽日光的用处。但至如今，在我乡永嘉之间，也还有这种风气遗留着；每逢夏历七月十五日，皆有“迎神会”之举，会中黑白无常很多，成群结队，绕村而过。手中摇着二尺长的摺扇（扇面题着“一见大吉”、“天下太平”等类大字），形同半伞，大得可笑，遮在头顶，以蔽日光。因为化装犯罪的无常，是不许带伞的。可见扇子实在可代阳伞之用，是无需怀疑的。

载《逸经》第 36 期（1937 年 8 月 20 日出版）

围棋杂考

郑子瑜

围棋是汉魏时所创的游戏。《西京杂记》所载汉宫竹下围棋的记事,恐怕是围棋之名的由来了吧?但据《路史》所载,却说是"帝尧所作,以教丹朱者"。这样看来,在汉魏以前的帝尧时代,就已经有了围棋之戏了。

围棋的棋局——现在叫做棋枰——的形状是怎样呢?

邯郸淳《艺记》有说:

"棋局纵横各十七道,合二百八十九道,黑白棋子各一百五十枚。"

但,这是唐朝以前的制格,唐朝以后的制格,就不同了:纵横各十九道,合三百六十一道(见宋张拟的《棋经》)。

271

棋局前后，不同虽是不同，但是它们的围法却同样是外面的棋子围内面的棋子，内面的棋子给外面的棋子围的——所谓"彼此围绕以制胜"，就是这个意思。

围棋和弹棋是有一样的吗？

事实告诉我们：蔡邕、魏文帝、丁厦诸子，都是有《弹棋赋》和《弹棋经》的，书中对于弹棋所下的定义，却是：

"二人对局，黑白各六枚，列棋相当，下呼上击之。"

又柳宗元的《弹棋序》也有说：

"木局隆其中而规焉，其下方以直，置棋二十有四：贵者半，贱者半；贵曰上，贱曰下；咸自第一至十二，下者二乃敌一。用朱墨以别焉。"

《梦溪笔谈》，对于棋局的形状，说得更为详细：

"局方二尺，中高如覆盂，其巅为小壶，四角微隆起。"

照上列看来，弹棋和围棋，是显然没有相同的了。不过它们的不同，也正如字面的不同："碁"通作"棋"：（虽然弹棋所用的棋子和围棋所用的棋子的数目是没有相同，但它们的质总是一样的。）只是"弹"和"围"使用的不同罢了。

至于弹棋的制格的改变，也和围棋一样的以汉魏至唐为区分的（蔡邕的《弹棋经》、柳宗元的《弹棋序》，对于弹棋所下的定义就各有不同了）。

好了，现在就来谈谈围棋的目的吧。（为着便利起见，以下把将弹碁和围棋混在一起来说啰！）

围棋是赋闲的一种消遣法，山人名士，几乎没有不成癖好的。我们在旧书本里就常常可以看到"×××，隐居于×山，建楼阁、筑池圃，藏书甚多，惟日事诗酒、围棋，与诸士夫周旋"之类的记载。清咸丰间，长乐谢章铤、枚如等、且名他们自己所居的山庄为"赌棋"，其好赌棋的状况，也就可想而知了。

的确，围棋是那些不愁衣食的山人名士赋闲的消遣。反之，若果衣食不足的人，也许就会觉得"瓮中无米不思棋"的感慨吧。陆游的诗，有"久闲棋格长"之句，足见棋格之所以能长的原因，是由久"闲"而来的了。

围棋是山人名士——这些言志派的理想主义者所专有的消遣吗？

这可不一定的。世所称为"以文载道"的载道派韩愈，不是也有"酒食罢无事，棋槊以自娱"和"贞元甲戌年，余在京师，甚无事，同居有独孤生申叔者，始得此画，而与余弹碁"的诗文吗?! 又如有时不免沾染道学家严肃冷酷的态度的作家欧阳修，当他"退休于颍水之上"的时候，所作的《六一居士自传》，内中不也可以找到"吾家藏书一万卷；集录二三代以来金遗义一千卷；有琴一张；有碁一局，而常置酒一壶"的句子吗？ 总之，围棋是酒后茶余赋闲的消遣，这消遣，不光是山人名士所独霸的，所以，若早说

273

"载道派"的作家,有时"兴之所至",也会作出言志的作品来,韩愈、欧阳修都可以做例子吧?

围棋是专给人家当作赋闲的消遣吗?

这又不能够武断说了。

"杜陵杜夫子,善弈棋,为天下第一人。或讯其费门:'精其理者足以大裨圣教!'"(《西京杂记》)

这,真叫人不可思议的了。

又同书中还有一段记载说:"八月四日竹下围棋:胜者终年有福;负者终年疾病。"

《方术记》里也有说:"有十二棋卜,黄石公用之以行师,万无一失!"

这样看来,围棋又可是卜吉凶,且可"用之以行师",这,未免太迷信了。

围棋还有别的目的吗?

有有有,听我道来:

南北朝的时候,且有"以艺能之优劣者"。他们所定的"棋品"有九:一曰入神,二曰坐照,三曰具体,四曰通幽,五曰用智,六曰小巧,七曰斗力,八曰若愚,九曰守拙。(《艺经》)

这样"以艺能之优劣"的标准,正如从前子曰铺的"以字取才"一样地不可靠。

汉朝弈盛行,更有"以棋取誉"者。(见《后汉书》)

此外围棋的目的很多很多。

至于说明围棋的专书,有《隋〈书〉·经籍志)》——内中有梁武帝所撰的《围棋品》一卷,又有碁势、碁法、碁图等书,都是附在兵书的后面的——等。但是现在宋以前的"棋谱"都已失传了。所存者惟有宋张拟的《艺经》十三篇,以及元晏天章的《元元集》为最古了。又前清的"国弈"范、施、梁、程等四家,把将棋法选入"刻谱"者很多很多,都是论起手布局的方法,是初学入门的详尽明白之 ABC。

载《逸经》第 20 期(1936 年 12 月 20 日出版)

陋俗与恶习

随笔

木牛流马考

胡怀琛

世俗相传诸葛亮伐魏，出祁山，用木牛流马运粮。这话流传得极普遍，凡是喜欢谈诸葛亮的故事的人，没一个不要说到木牛流马。今查木牛流马的话，虽曾见于《三国志·诸葛亮传》，但木牛流马究竟是怎样造的，传上却没有说明白，因此，现在就有些人疑心没有这件事，不过是神话式的夸大之言罢了。现在先看《诸葛亮传》上的话。传云：

　　九年（蜀建兴九年），亮复出祁山，以木牛运粮……

又云：

　　十二年（蜀建兴十二年）春，亮悉大众由斜谷出，以流马运，据武功五丈原，与司马宣王对于渭南……

诸葛亮传上的话，不过是如此。今人对于木牛流马的说法,分为两派;(甲)是相信诸葛亮曾造木牛流马的。他们的意见,以为是用木头造成牛和马,使他们运粮,以代替用人力运输。这是一种机械工程。这可证明中国人在老早的时候就会利用机器了。(乙)是不信诸葛亮曾经造过木牛流马的。他们说:在那时候,中国人能不能发明机器,姑且不论;就说诸葛亮能造成木牛流马了,也非先修好了路不能行。因为在普通地方,尚且要修好了道路,然后可以行驶车辆,何况木牛流马,又在四川多山的地方。照这一点看来,当时即使造成了木牛流马,也是一步不能行的。所以诸葛亮传中的话是信不得的。今按,甲乙两种说法,自然是乙说比较的好。我一向也是主张乙说的。但现在读了元人《事物纪原》的话,方知乙说是不对了。《事物纪原》云:

> 蜀相诸葛亮之出征,始造木牛流马以运饷。盖巴蜀道阻,便于登陟故耳。木牛即今小车之有前辕者。流马即今独推者是。而民间谓之"江州车子"。《后汉书·郡国志》:巴郡有江州县,疑亮之创始作之于江州县,当时云然,故后人以为名也。

今按,《事物纪原》的话是不错的。不过它还缺少了一句说明,就是"诸葛亮所谓木牛流马,就是后世通行的独轮车"。古代的车都是双轮的,自然在崎岖仄狭的四川山路上不能行,所以他便独出心裁,创造出这种适宜于行"山路"的

陋俗与恶习

随笔

独轮车来。故《事物纪原》说:"巴蜀道阻便于登陟。"

《事物纪原》谓:"木牛即今小车之有前辕者;流马即今独推者是。"这话,我们再加以说明:"木牛是兼推兼挽的独轮车,流马是只推不挽的独轮车。"总之,都是独轮车。"独轮车"三字最要注意,因为是独轮,所以便于行山路。

"木牛"、"流马"这两个名称,想是在当时也是有的。这是故意的题的"艺术化"的名字。也许在当时候在车的前面,用木刻作牛马的头,作为一种装饰品,好像现在的中国旧式的帆船,也有在船的前面画作鹚鸟形的。却不知因为"木牛流马"四个字的误会,便引起后人的纠纷。

照前面所讲的甲乙两说:甲说未免是"故神其说",乙说义未免把"诸葛亮创作独轮车"的事迹也湮没了。我们须知:倘使在诸葛亮以前没有独轮车,那么,诸葛亮的这种制作,确是值得说是一种发明。

《事物纪原》是元代人的书,当然此书的作者去诸葛亮很远,他是没有见过诸葛亮亲造的木牛流马;但是他的话是很合情理的。我们根据他的话,再说明白一点,木牛流马就是独轮车,无论如何,也是合情理的。这样,不但是解决了关于木牛流马的纷争,也可以使诸葛亮发明独轮车的事迹显著于世。因作木牛流马考。

载《逸经》第 26 期(1937 年 3 月 20 日出版)

琐语中秋

徐中玉

一

满目飞明锦，归心折大刀，转蓬行地远，攀桂仰天高。
水路疑霜雪，林栖见羽毛；此时瞻白兔，直欲数秋毫。

稍下巫山峡，犹衔白帝城，气沈全浦暗，轮倒半楼明。
刁斗皆催晓，蟾蜍且自倾；张弓倚残魄，不独汉家营。

　　　　　——杜甫《八月十五夜月诗》

　　对着那样一颗晶莹皎洁的月亮，会令人引起想象，以至痛苦的感喟都不能不说是当然的。

陋俗与恶习

随笔

盈缺青冥外,东风万古吹;

何人种丹桂? 不长出轮枝。

桂魄上寒空,皆言四海同;

安知千里外,不有雨兼风。

——李峤《中秋月诗》

　　读了这两首诗,就是在目前摆着最欢乐的情景时也会引起一点悒郁之感来的。对于那些好像天赋给他有个悲苦灵魂的诗人们,无论是在哪一种辉煌灿烂的喜剧场面中,他们总能够摄得为他们所熟知所热烈追求似的悲剧的成分,那些悲苦的灵魂在日常生活下接触乐境的感觉,犹如是在吃着一粒包有糖衣的丸药,甜味未酣,接着下去却已是无穷的苦涩——丸的本色,也就是人生的本色了。中秋夜露寒气冷,月影中疏叶横斜;对月凝神,或者在秋声洋溢的林子里独自徘徊,得忘却目前清激澹妙的暂景,而探索到幽邃的未来,遥远的四方,“安知千里外,不有雨兼风”,这样真挚自然而又韵味无穷的句子便在那些诗人的口里笔下流露出来了。反观一些辞调琳琅砌句艳丽的作品呢? 韩偓有首《中秋禁直诗》道:

星斗疏明禁漏残,紫泥封后独凭栏;

露和玉屑金盘冷,月射珠光用阙寒。

天衬楼台归苑外，风吹歌管下云端；

长卿只为长门赋，未识君臣际会难。

琳琅艳丽是已到相当家数，可是它在琳琅艳丽之外还能留给我们什么更深的印象吗？"长卿只为长门赋，未识君臣际会难"，感念如此，作品的不能"入人之深"该是必然的。

转缺霜轮上转迟，好风偏似送佳期；

帘斜树隔情无限，烛暗香残坐下辞。

最爱笙调闻北里，渐看星斗失南箕；

何人为校清凉力？欲减初圆及午时。

——陆龟蒙《中秋待月诗》

云山槛抛接低空，公宴初开气郁葱；

照海旌幡秋色里，激天鼓吹月明中。

香槽旋滴珠千颗，歌扇惊围玉一丛；

二十四桥人望处，台星正在广寒宫。

——秦观《中秋月诗》

同样的，再像这两首诗，在另种观点上说，当然也不是毫无可取的作品。可是就内容说，就效果说，便不能和

陋俗与恶习

随笔

前列李杜两人诗相比。从这两首诗里，我们可以推知作者在当时的心情是十分幽闲的。"帘斜树隔情无限，烛暗香残坐不辞"，这简直已是幽闲的极致。像这样以不痛不痒或者嗜情享乐的心情所写出来的东西，不是失之无病呻吟，便是夸张渲染，读了以后只能令人引起空虚无物或矫情生厌的感觉，却引不起读者心灵上的共鸣和同情。这些诗因为缺乏对于人生对于思想有何开拓的要素，只给人以倏忽的浮薄的影响，所以充其量也仅能算作二三等诗作。

> 待月东林月正圆，广庭无树草无烟；
>
> 中秋云净出沧海，半夜露寒当碧天。
>
> 轮影渐移金殿外，镜光犹挂画楼前，
>
> 莫辞达曙殷勤望，一堕西岩又隔年。
>
> ——许浑《八月十五夜宿鹤林寺玩月诗》

"莫辞达曙殷勤望，一堕西岩又隔年"。这种对于时光易逝而又想及时抓住的感觉，在我们日常生活里出现的时机非常频繁。然而有些虽然是诗人却也不能如此和谐地用适宜的文字表现出来的。这种感觉虽然十分为大家熟习，并不能算为创见，而且意义也不很博大深刻，可是惟其因为是大家所熟习的，又是一部分诗人所弃置不用的，所以更易令人感到亲切和动人。单就这一点论，这首诗就可高出陆秦两作。

这样，我们回到上面的意思继续来说，一些辞调琳琅砌语艳丽的作品严格说来是都不能叫作好东西的。正相反，那些不加藻饰的作品却总多见其真挚自然，亲切而动人。尤其，在那些不加藻饰，情之所至，而在诉说或感喟某种宇宙人生的缺憾的诗篇之中，其感人的力量也最大。此其故，也许因为人生本是悲剧的综合吧。"何人种丹桂，不长出轮枝"。诗人诚不能无感于"盈缺青冥外，东风万古吹"了呢。

二

《礼记》："天子春朝日，秋夕月。朝日以期，夕月以夕。"《周礼》："中春昼，击土鼓吹豳雅以逆暑，中秋夜迎寒亦如之。"

《梦华录》："中秋夕，贵家结饰台榭，民家争占酒楼玩月，笙歌远闻，市里嬉戏，连坐至晓。"

中秋节乡谚叫作人节，所谓人节者，乃是别于清明中元等鬼节而说的。因为清明中元其快乐都是属于鬼有的，而中秋节，则完全是我们尚未为鬼的人们所有。

怎样过中秋节？这真是一桩有趣的回忆。

陋俗与恶习

随笔

孩子的时候,每遇中秋就是偶一出门也必匆匆赶着回来,风俗虽然不禁过这节可到别人家去挨,可是要求不被拘束的真的快乐到底不能到家以外去找。这意思,并不是说别人家就没有够多的糕饼水果给你"吃不了再装着走",却正相反,但是眼见着累累的东西心里要却不敢讨,给少了却不能多要,给多了却又不好意思一道吃掉,而且吃也不能吃得那么高兴,味道也觉不得那么鲜妙……总之是,一有拘束,该快乐的却不快乐了。这份经验对于每一个大人都不会不熟悉的。

中秋的晚间是过这节日的兴趣集中点。袋子里被自己的手和母亲的手塞满了瓜子、蚕豆、栗子和月饼,一面子里扬着一支雪白的藕枝或者一只香梨,便一溜烟窜出大门去寻找日间约好了。同游的伙伴,那时跳跃在童心尖上的热情、喜悦和兴奋,在时过境迁的今日是再也不能完全想象得出来的。聚着几个一样顽皮好淘气的伙伴在一起,以毫不计量的心情交换着各人所有的食物,玩得饿了时再溜回去爬进暗室大偷特偷,务必每一个小肚子里都已吃到不能再吃的程度,于是便会计划到下面一个游乐的节目。

中秋有月的树下,利用它的黑影藏住各人的身子,听由一个捕捉野猫的人在疏落迷离的月影婆娑中寻找,通常的情形总是因为那个自己忍不住笑出了声来后才会给他一把扭住的。"捉野猫"后往往接上一出"老鹰捉小鸡"的游戏,方法是由五七个同伴各人拉住背后的衣衫牵成一起,第一个人叫做老鸡,在他背后的便叫做小鸡。另一派他做老鹰,作振翼捕捉状,老鸡边抵抗边逃走,这样一个跳跑着想捉,一个领着队逃奔便凑成了这件游戏的热闹和趣味。这种游戏却总是在较空大一点的场地里做的。角色之中谁都高兴做老鹰,停会回去老祖父会问你"今天有没有吃到小鸡?""吃到三五只哩。"这时的快乐犹如古书中大将军征蛮凯旋的光景。次之自然是老鸡。"我做老鸡今天一只小鸡也没给吃掉呢!"卫国有功的样子自然也能够生出点飘飘然的思想,可是遇到小鸡被吃得精光时老鸡也要会无地自容的。老鹰和老鸡大抵都是拣的工力悉敌的伙伴,由小鸡们公举担任。小鸡都是些年龄稚幼,力气毫无的人物,那时一般的称呼叫他们做?小卒子"。

自然我们还会来一套儿歌。"亮月白丁当,贼来偷酱缸,瞎子看见只,聋子听见只,坏脚追出去,烂手拉住只。"仅能记得这么一首那时最流行的歌词了。在耀眼的月光倾泻下齐声唱歌,这在当时是快乐,是高兴,在现在看来便觉其颇有诗意,觉得这是一种美极的境界。我们还是愿意留在无知的乐境里呢,还是愿意留在有知的苦境里呢?

疲极回家,庭心里依然灯烛辉煌。斋桌下放着各色

285

随笔

陋俗与恶习

可口的点心——这些点心大人们往往用以骗得孩子们肯陪伴大家一直坐到天明——一套香斗,在檐边上罩起一团浓烟,和着桌边老祖母喃喃的念佛声,看过这情景心里不知曾发出几多荒诞野漠却又一字道不出的幻想。偶然也问问老祖母:"孩子们为什么不要念佛的呢?"或者:"假使我们的香斗再多几只,难道我们就能把月亮爷爷接到家里来么?"老祖母的答复总是含糊其辞,现在想来此其故也许是她忙于念佛不愿答;也许就是压根儿的答不出。十年了,中秋月犹在,老祖母却早已归天!

多时来还盛行了一种中秋日吃糖芋头的风俗。芋头不必自中秋日吃起,而中秋口则非吃不可,吃盐煮的也不成。"八月半勿吃糖芋头,死了后没有好坟堆"。不但善于为生前打算而且也善于为死后经营的这古老国度的古老人民,似乎正因此才给大家造了许多口福。他如月饼的翻陈出新,花样百出,怕还是最近的事呢。

三

跟随着每一个节日,在这神秘的国度里总会给它联上大串神秘的传说的。中秋节自然也不能例外。

武夷山神,号武夷君。秦始皇二年,一日语村人曰:"汝等以八月十五日会山顶。"是日村人毕集,见慢亭彩屋，设宝座，施红云紫霞褥，器用甚设。令男女分坐，闻空中人声，不见其形，须臾乐响，亦但见乐器，不见其人。酒行命食，味皆甘美，惟酒差薄。诸仙既去，众皆欣喜。因与神君同会，名共地日同庭。

这段是《诸山记》所载。《武夷山记》有段补充不足的文字：玉皇与太姥，魏真人，武夷君，建慢亭彩屋，是日与乡人安饮，曰：'汝等皆吾之曾孙也。'"

像这种因"语村人"云云以后而接着便有一大段文章的事情，直到目前还在层出不穷。一个老妪或者巫女的呓语，可以重振一地庙宇的香火与旗鼓。若是哄动一乡一镇的不论男女老幼，去到一只山谷访问一堆泥土，牛株老树，而顶礼膜拜，而哄传遄迹，而立即捐款，建庙设祀，更属"书不胜书"呢。

上与太真叶法静，八月望日游月宫。少顷见龙楼雉堞，金阙玉扉，冷气逼人，后西川奏，其夕有天乐过。

——《明皇杂录》

明皇八月一望夜，与叶法喜同游月宫。还过潞州城上，俯视城郭悄然，而月色如昼，法喜因请上以玉笛奏曲。时玉笛在寝殿中。法喜命人取之，旋顷而至。曲奏既，复以金钱投城中而还，旬余，潞州奏是夜有乐临城，兼获金钱以进。

——《集异记》

287

这两段记录也许就是指的同一件事。首段简略，二段较详，但经《集异》一记，这事却就变得一点不异了。神秘可以用作贡维之物，也可用作矜奇之物，传说之外，继以造作，神秘的事物自不免愈来愈多了。

唐太和中，周生善道术。中秋客至，周曰：我能梯云取月，置怀袖中。因取箸数百条，绳梯架之。闭目良久，忽天黑，仰视无云，俄呼曰：至矣，手举其衣，出月寸许，一室尽明，寒入肌骨，食顷如初。

——《宣室志》

赵知微有道术。中秋，积阴不解。知微曰：可备酒殽，登天柱峰玩月。既出门，天色开霁，及登峰，月色如昼。比下山，凄风苦雨，阴晦如故。

——《三水小牍》

罗公远，鄂州人，开元中中秋夜，侍明皇于宫中玩月。奏曰：陛下能从臣月中游否？乃取柱杖向空掷之，化为大桥，其色如银，请帝同登。约行数十里，精光特目，寒气侵人，遂至大城阙。公远曰：此月宫也。见仙女数百，皆素练霓裳，舞于广庭。帝问曰：此何曲也？曰：《霓裳羽衣曲》也。帝密记其声调而回。欲顾其桥，随步而灭。旦召伶官，依其声，作霓裳羽衣之曲。

——《唐逸史》

有道术而能梯云取月,登天望月,甚至得到月宫去看仙女跳舞,这种道术实在不能不说是非常高明的了。闲尝恨对于有益国计民生的平凡事为什么不能得道术救济? 道术玄妙,却就是怕的平凡跟真实。

> 钟陵西山有游帷观,每至中秋,车马喧阗寸里,若阛阓豪家贵游,多召名妹善讴者,夜与丈夫间立,握臂连踏而歌,以应答敏捷者为胜。太和末,有书生文萧往观。睹一妹甚丽,其词曰:若能相伴陟仙坛,应得文萧驾彩鸾,自有彩缯并甲帐,琼台不怕雪霜寒。生意其神仙,植足不去,妹亦相盼。歌罢,独秉烛,穿松径将尽,陟山扪石,冒险而升。生蹑其踪。妹曰:莫是文萧耶? 相引至绝顶,坦然之地。后忽风雨,裂帷覆机。俄有仙童持天判曰:吴彩鸾以私欲泄天机,谪为民妻一纪。妹乃与生下山,归钟陵。

> ——《仙释传奇》

关于这类无稽的传说不用多列了。我们国里的传说大抵就是这种样子,缺乏深刻的意义,内容死板多雷同,荒诞到极点。若以这种东西去和希腊神话相比,是只能见其愧色的呢!

五年九月十五,青岛

载《逸经》第 15 期(1936 年 10 月 5 日出版)

陋俗与恶习

随笔

岁除闲话

徐　彦

守岁阿戎家，椒盘已颂花，盍簪喧枥马，列炬散林鸦。

四十明朝过，飞腾暮景斜；谁能更拘束？烂醉是生涯。

——杜甫《杜位宅守岁诗》

岁除在年轻人的印象里是甜蜜的，依恋的。乡谚有："小倌巴年到，年到不蒸糕"之句。小倌就是指的小孩，蒸糕则是我们那里过年的风俗之一。孩子们枯寂一年，每逢岁近的确有"巴年到"的感觉。"年到"能够给予他们格外丰富的食物，"年到"能够给予他们许多机会看见或参加种种新奇的玩意。这似乎已经成了我们大众的一种哲学,即使眼前怎样贫困,生活怎样为难,但我们的主一家之政者却总愿把一个年尾过得快快活活。即使是出之典质,年尾的风俗也不能不应景一下,蒸一点糕,妙几斤花生,孩子们不能老叫瞪着眼珠看别人吃,过得好年,大希望在后面。我们国里大多数的苦人所以不致终极地幻灭就因得了这种哲学的拯救。岁除是年尾的最后一天,花样也最多,食物桶里都装得满满了,这时候最忙的便是孩子,他们像走马灯一般从厨房里跑到上房,或者从后园里飞奔出大门。他们的心里没有别的,除了吃喝和寻乐。

"还有几天年到了?"过了老欢喜这样问人的时期,也许我们已经离开故乡,岁除不能在家里过了,"异地看花终寂寞",客地的岁除安慰不了我们的心,我们乃因此甜蜜地忆起了故乡的风习。是的,这时候我们对于这些事情的回忆和想象都还能是甜蜜的,依恋的。

但是如果我们已踏进中年的界线,此后的生涯将尽似月盈而后渐亏了,我们的心境已要倾向迟暮,这时候我们对于这类事情的兴趣完全衰退了,或虽不是完全衰退却不能持久了,我们将也要发生这样的感觉;"四十明朝过,飞腾暮景斜;谁能更拘束?烂醉是生涯。"

或如孟浩然所说:"白发催年老,青阳逼岁除。"

时日匆忙,光阴的海洋中谁也不能抛下一锚。眼见得朔风又老,转眼即是三春景物,这种感觉不消说能重重

陋俗与恶习

随笔

地敲上年华逝去者的悲哀的键子。一生就这样完了，回头望过是一片茫茫，前路的消息在傍晚斜阳中。向来匆忙地行路便跳过了尘世的欢喜，而自己毕竟仍是红尘万丈中一个，成就了什么呢？什么也没有！诚不禁老泪之要纵横了吧。

但这只也是一面的想法，岁除毕竟是一桩欢乐。让我们努力工作，这样便令我们一旦到了年老也将如孩子一般频频询问"年到"何时了。返老年为儿童，我们实在不能有别的神机妙法。

野马无缰，现在让我们回过头来。《诗》曰："岁聿云暮。"《论语》曰："乡人傩，孔子朝服而立于阼阶。"

《汉书》曰："大傩侲子。"

张衡《东京赋》："卒岁大傩。"

《吕氏春秋·冬纪》注，曰："'前岁一日，击鼓驱疫疬之鬼，谓之逐除，亦曰傩。"

岁除的原意，大概是在这天作种种仪式，驱疫逐鬼，把一年来的污秽倒霉事物清洁一下，一句话包括，就是除旧布新。

岁除的风俗，古籍上有许多记载，《风土记》："蜀之风俗，晚岁相与馈问，谓之馈岁邀，谓之别岁。至除夕达旦不眠，谓之守岁。"

骆宾王《于西京守岁诗》曰：

闲居寡言宴，独坐卷风尘；忽见严冬尽，方知列宿春。

夜将寒色去，年共晓光新；耿耿他乡夕，无由展旧亲。

这种种风俗现在都还在各地流行着。除夕守岁，坐以待旦。乡间传说，这将能得到快乐，得到幸福。

《风土记》又云："除夜祭先竣事，长幼聚饮，祝颂而散，谓之分岁。"

《渊鉴类涵》云："一吴俗分岁罢，小儿绕街呼叫，云：'卖汝痴，卖汝呆。'世传吴人多呆，故儿辈讳之，欲卖其余。"

分岁俗一部分人家现还保存，想来祝颂云云，未必真有什么严肃的仪式，否则除非是旧式的大家庭中才有。卖痴卖呆分属吴人，却并未听过见过干过。

古书上记载的怪风俗很多，也许现在还存在于什么地方未可知，录下几条看看：

《荆楚记》云："留宿岁饭至新年，则弃之街衢，以为去故纳新也。"

《梦华录》云："都人至年夜，请僧道看经，备酒果送神，烧合家替代纸钱，贴灶马于灶上，以酒糟涂抹灶门，曰醉司命。夜于灶里点灯，谓之照虚耗。"

《渊鉴类涵》云："洛阳人家除夜以铜刀刻门，埋小儿砚，点水盆灯。"又云："吴中风俗，爆竹之夕，人家各于门首燃薪满盆，无贫富皆尔，谓之相暖热。"又云："吴中风俗，除夜将晓，鸡且鸣，婢获持杖击粪壤，致词，以致利市。谓之打灰堆。"

《荆楚记》云："岁暮家家具肴蔌，诣宿岁之位，以迎新年，相聚酺饮。"

岁除的风俗，离奇怪诞，一日之内，细数恐有几十。大意总在盼望吉祥，驱除不利。盼望吉祥中，最着重的是怎样才能"招财进宝"？不利之中，自然第一驱逐的是"晦气"。

不管这些迷信神权的风俗灵验不灵验，就岁除本身所引起来的种种希望、欢乐、安慰的作用论，确实是值得赞美的。失望的重新生出了希望，辛苦的得到了安慰，欢乐使大家身心愉快。我们国里多的是苦人，他们身心交苦，娱乐本少又多不正当，像岁除这样心上充满了新生的希冀和欢愉的时候是极少极少的。我们但愿世上的苦人都能获得这三宗宝贝：希望、欢乐和安慰。

除夜炉边守岁，这种情味是甜美的。每一个人大概总有这样一段经验。倦极欲眠中，晨鸡一声两声带来了薄薄的黎明，这时我们的心里是多么神秘的感觉啊！

宋范成大《除夜地炉书事》云：

节物闲门里，人情老境中；

雁声凌急雨，灯影战斜风。

糟醋新醅白，柴锥软火红；

家人欢夜话，我已困蒙茸。

宛然一幅老人守岁图画。

《纪闻》云："唐贞观初，天下大安，时属除夜，太宗盛饰宫掖，明设灯烛，盛奏乐歌，乃延萧后观之。后曰：隋主淫侈，每除岁殿前诸院，设火山数十，爇沉香木根，每一山焚沉香数车。火光暗，则以甲煎沃之，焰起数丈，香闻数十里。"

《渊鉴类涵》云："西方山中有人，长丈余，人见之，即病寒热，名曰山臊。每以竹著火中，爆剥有声，则山臊惊遁。"又云："唐史育开元中上书自荐能诗，谓子建七步，臣五步之内，可塞明诏，明皇试以除夕诗，应口而赋云：'今岁今宵尽，明年明日来；寒随一夜去，春逐五更回。气气空中改，容颜暗里催；风光人不觉，已著后园梅。'上称赏久之，授为左监门将军。"

关于岁除的故事，也是无穷无尽的呢！

一九三六年小除夜

载《逸经》第 23 期(1937 年 2 月 5 日出版)

陋俗与恶习

随笔

告　知

　　书中所收文章,因发表时间较早,不便联系作者或其后人,请有关著作权人见书后与我社第二编辑室联系,以便付酬。

　　联系电话:022 - 23332465

天津人民出版社